Daniel Genuino

UM PREÇO PARA A LIBERDADE

1ª edição

Cáceres – MT
Edição do Autor
2017

GENUINO, Daniel. Um preço para a liberdade / Ed. Do autor, 2017. Cáceres-MT

Capa: Daniel Genuino

Revisão e Diagramação: Daniel Genuino (serviços editoriais Freelancer – shalon.genuino@hotmail.com)

Número de páginas - 120

ISBN 978-85-920215-3-5

Índice

Dedico esta obra a minha esposa Marilene R. Genuino, que tem estado ao meu lado em todos esses anos lutando e vencendo todos os desafios que a vida nos oferece neste vale, sempre demonstrando muita garra e disposição.

Com carinho,

Daniel Genuino.

Um preço para a liberdade, por Daniel Genuino

Capítulo I

UM ATAQUE NA COMUNIDADE

Eram por volta de 22:00 horas, caía uma fina garoa e a noite estava bastante escura, nos barracos, luzes acesas indicavam que muitos moradores ainda estavam acordados. No bar do Pedro, ressoava um barulho de gritos e gargalhadas da rapaziada que frequentava o local, vez ou outra, ouvia se palavrões ditos com vozes excitadas de quem já consumiu muito álcool.

Pedro era nordestino, havia deixado o interior do Piauí ainda adolescente e partido para o Rio de Janeiro em busca de trabalho. Chegou em um período em que muitas obras estavam em andamento e não foi difícil conseguir uma vaga de servente de pedreiro em uma das construções. Durante alguns anos não faltaram serviços e Pedro conseguiu juntar alguns trocados, quando as obras começaram a ficar escassas, resolveu mudar de ramo e investiu todo o seu dinheiro em um bar na comunidade do complexo do Alemão. Muitos imigrantes estavam chegando ao Rio de Janeiro e se apertavam naquele espaço, formando um emaranhado de barracos que se perdia de vista. É bem verdade que muitos imigrantes não tiveram sorte e alguns tiveram que retornar para o sertão enquanto outros terminaram virando mendigos pelas ruas.

Nessa época, o tráfico ainda não dominava os morros cariocas e os moradores eram um povo cheio de alegria e animação, e nada como um bar para selar o ponto de encontro no fim do dia. Atualmente, devido à ausência do Estado nessas comunidades espalhadas pelo Brasil afora, o crime organizado foi tomando conta de tudo, ocupando o papel que os governantes deveriam desempenhar formando o chamado "poder paralelo"

Pedro observava o movimento, conhecia a maioria dos fregueses que frequentava o seu bar, um ou outro talvez lhe fosse estranho, mas não demorava muito para descobrir quem era, quem quer que fosse o estranho que pisasse em seu bar.

Naquela noite, tudo parecia estar muito tranquilo, dois rapazes trajando apenas bermuda e chinelos jogavam sinuca a um canto, outros três estavam junto ao balcão conversando e bebendo enquanto assistiam a um jogo que era transmitido pela televisão, enquanto um grupo maior, cinco rapazes e duas meninas, ocupavam uma mesa do lado de fora, bem próximo à porta. Bebiam cerveja, comiam alguns petiscos e cantarolavam um pagode. Algumas pessoas ainda transitavam apressadamente pelos becos estreitos, subindo e descendo escadarias. A noite estava apenas começando.

Não muito distante, alguns vultos se esgueiravam pelas sombras, se protegendo dos raios de luzes e se abrigando próximo ás paredes, evitando os olhares curiosos. Caminhavam, paravam e ficavam abaixados. Um deles sinalizava e novamente voltavam a se movimentar. Agora estavam muito próximos do bar do Pedro e podiam ver as pessoas se movimentando no local.

— São eles? — Perguntou um dos integrantes do grupo.

— Positivo, pode quebrar. — Respondeu o outro.

— Vamos lá então, já é. — Disse um terceiro homem.

— É isso aí, vamos ensinar esses otários quem é que manda aqui. — disse o que parecia liderar o grupo.

Os homens abaixaram as toucas ninjas que estavam usando e imediatamente caminharam a passos rápidos em direção ao bar. Os rapazes assim que perceberam se levantaram apressadamente, mas não houve tempo de esboçar nenhuma reação, uma chuva de balas caiu sobre eles. Dentro do bar, Pedro se abaixou atrás do balcão enquanto os outros clientes se jogaram no chão buscando abrigo. Lá fora, os tiros continuavam pipocando, enquanto do lado de dentro podia se ouvir o barulho de garrafas se estilhaçando, enchendo o ambiente com o cheiro de álcool e pólvora.

Quando cessaram os tiros, um silêncio profundo tomou conta do local. Todos continuavam no mesmo lugar sem se mover ou esboçar qualquer reação. O primeiro a se locomover foi Pedro, que levantou a cabeça muito devagar e olhou por cima do balcão, se certificando de que tudo estava em segurança antes de deixar o seu esconderijo. Assim que Pedro se levantou, outros homens também foram se levantando ainda muito desconfiados. Menos um dos rapazes que jogava sinuca. Ele havia se jogado atrás de uns engradados de bebidas e ainda permanecia deitado no mesmo lugar. Seu amigo correu depressa até ele e o chamou:

— Luiz, Luiz, fala comigo cara.

Pegou-o pelo braço puxando e virando o corpo. Tão logo o virou, percebeu a mancha de sangue em seu peito.

— Ele está ferido, me ajudem aqui!

Luiz estava gravemente ferido, mas lá fora a coisa não era diferente. Alguns curiosos já se aproximavam do local ainda muito desconfiados. Havia pedaços de plástico e estilhaços de garrafa por todos os lados. No chão, sete corpos ensanguentados permaneciam inertes.

O socorro demorou chegar, não tinha espaço suficiente para a passagem de uma viatura e o pessoal do SAMU precisava percorrer um longo caminho para chegar ao local da chacina. Colocaram Luiz em uma maca e com a ajuda de alguns moradores conduziram-no até o local onde estava a viatura. A polícia chegou algum tempo depois sendo hostilizada pelos populares que se encontravam no local.

— Assassinos! Assassinos! — Gritavam.
Um dos policiais pediu calma, a situação era muito tensa, tiveram que agir com muita rapidez recolhendo os corpos da calçada e apanhando algumas cápsulas que ficaram espalhadas pelo chão. Um dos policiais se dirigiu até Pedro:

— O senhor é o proprietário do local?

— Sou sim. — Respondeu Pedro.

— Viu alguma coisa?

— Não senhor, não vi ninguém.

— Tem certeza?

— Não vi nada não policial, só escutei os pipocos e me protegi aqui atrás, quando me levantei já tinham ido embora.

— Conhece aquelas pessoas lá fora?

— Só de vista, mas é tudo gente boa, estão sempre por aqui, nunca deram problemas.

— Certo, se o senhor souber de mais alguma coisa...

— Sei de nada não moço, aqui quanto menos se sabe melhor.

Os policiais tiveram que sair logo do local, uma vez que a hostilização aumentava e eles estavam em número reduzido. O perito já havia tirado diversas fotos da cena do crime e eles já tinham algumas informações para tentar solucionar o crime.

A população da comunidade não gosta dos policiais, haja vista que na visão deles os policiais só aparecem para realizar trocas de tiros com os traficantes e depois vão embora deixando os moradores nas mãos do poder paralelo, além disso, a corrupção por parte dos maus policiais havia criado uma barreira de desconfiança entre os moradores e a polícia. Geralmente esses maus policiais quando entram na comunidade não fazem distinção e matam pessoas inocentes, as quais eles deveriam proteger, além de nunca solucionar os casos de chacinas. Quando morrem policiais em trocas de tiros com os traficantes, sempre voltam para vingarem os seus amigos e matam qualquer um que estiver na frente, deixando os moradores aterrorizados. Por outro lado, existem também situações em que os traficantes que comandam o tráfico na comunidade ordenam que a população hostilize a polícia, impedindo que eles subam e dando cobertura enquanto os traficantes empreendem fuga.

Os moradores começavam a se dispersar e em meio aos comentários podia se ouvir um ou outro falando em vingança e justiça, é uma guerra que não acaba nunca.

No hospital, o estado de saúde de Luiz era grave, a bala havia se desviado do coração, mas se encravou na coluna. Só um milagre poderia trazer uma solução na vida de Luiz. Ele estava lúcido, mas sabia que a sua situação não era nada boa. Ali naquele hospital deitado na cama, mal abriu os olhos e lá estava dona Isaura, uma crente que vivia lhe dando sermões.

— Sabe por que você ainda está vivo, Luiz? — Perguntou olhando-o fixamente nos olhos. — É porque Deus tem um plano na sua vida.

Luiz olhava para dona Isaura sem nada dizer. Diversas vezes ela o havia interceptado com seus sermões loucos. Luiz sempre zombava dela.

— Pode deixar dona Isaura, um dia desses eu vou lá na sua igreja, só para ver aquelas minas gatas que tem lá.

— Pode zombar Luiz, mas um dia Jesus vai trazer você, e você vai vir bonzinho.

— Eu só vou lá se aquelas minas derem moral pra mim.

Luiz não era um moço do mal, mas na comunidade é difícil levar a vida sem se envolver com o tráfico. O pai de Luiz havia sido um traficante da pesada, mas perdeu cedo a vida em confronto com facções rivais. Quando o pai de Luiz morreu ele tinha apenas sete anos, desde então ele e sua única irmã foram criados só pela mãe que era uma mulata muito bela, mas a vida difícil acabou levando-a a se prostituir para sobreviver. Junto com a prostituição veio o álcool e as drogas. Foi nesse ambiente insalubre que Luiz e sua irmã cresceram e se tornaram adultos. Agora naquela cama, não podia nem mesmo fugir de dona Isaura como sempre fazia.

Dona Isaura era uma senhora de uns setenta anos, negra, usava sempre um lenço na cabeça e não se despegava de uma bíblia velha e surrada. Havia nascido ali na comunidade e nunca havia saído de lá. Dizem que ela tinha ido para a igreja quando ainda era jovem, depois que foi curada de uma doença da qual os médicos a havia desenganada.

Dona Isaura continuava fitando os olhos de Luiz, por trás daquelas grossas lentes, seus olhos brilhavam, não iria desistir agora que Luiz estava bem ali na sua frente sem poder lhe escapar.

— Eu orei muito por você Luiz, desde que você e sua irmã eram pequenos que eu estou sempre intercedendo por vocês, Deus tem uma obra muito grande na sua vida, você não vai morrer.

Luiz continuava olhando para dona Isaura, seu olhar parecia pedir algo. Dona Isaura abriu aquela bíblia velha e começou a lê-la, aquelas palavras pareciam trazer esperança para Luiz. A velha senhora terminou a leitura e disse:

— Agora vou orar por você te apresentando nas mãos de Deus, confie nele, Ele é o médico dos médicos.

— Senhor Jesus, eu te peço que faça um milagre na vida do Luiz, assim como o Senhor fez na minha, ele está agora nas tuas mãos, amém.

Quando ela abriu os olhos, havia lágrimas escorrendo dos olhos do jovem, alguma coisa havia acontecido naquele coração.

Dona Isaura se despediu e saiu da enfermaria deixando para trás aquele moço, mais morto do que vivo.

Capítulo 2

A MORTE DO CORREGEDOR

Em uma casa elegante no tradicional bairro Olaria, zona norte do Rio, o som alto indicava que a festa ainda ia longe. Na verdade, não se tratava de uma festa, era apenas uma confraternização na casa do coronel da reserva Geraldo Pinho, agora corregedor da polícia do Rio de Janeiro.

Geraldo era um homem muito correto em suas ações, tinha sempre por perto bons amigos e vez ou outra convidava alguns policiais que eram seus amigos desde o tempo em que estava na ativa como oficial da polícia militar.

Era um policial exemplar e estava sempre buscando aperfeiçoar o seu conhecimento, por isso, assim que foi para a reserva foi indicado para o cargo de corregedor, passando a atuar nessa área. Lucinha, sua esposa, havia ficado muito contente com o fato de Geraldo deixar a atividade, pois outrora sempre ficava preocupada com o trabalho estressante e perigoso do esposo, em casa estava sempre rezando para que seu marido voltasse com vida no final do dia. Agora tudo era diferente e Geraldo estava sempre em casa nos finais de semana, um alívio para Lucinha, já que Fernando, o único filho do casal havia ido para o exército e agora servia na brigada militar paraquedista, onde Fernando havia se destacado pela sua habilidade com o rifle, sendo designado para ocupar o cargo de atirador de elite da brigada. Não gostava muito das festas dadas por seu pai, por isso, preferia se trancar no quarto quando estava em casa, até que tudo terminasse. Não entendia porque o pai ainda insistia em trazer para casa aqueles policiais, eles não inspiravam muita confiança, eram todos interesseiros, só estavam ali por causa do cargo que Geraldo ocupava.

Quando a confraternização terminou e por fim, todos foram embora, era cerca de uma e meia da manhã. Fernando já estava dormindo há muito tempo. Geraldo e Lucinha também estavam muito cansados, deixaram tudo como estava e caíram na cama. Mal tiveram tempo de se deitar, ouviram alguém chamando no jardim.

— Geraldo, Geraldo!

— Acho que ouvi alguém chamando, Geraldo. — Disse Lucinha.

— Quem pode ser a esta hora?

— Como assim, quem pode ser? Com certeza é algum desses seus amigos que deve ter esquecido alguma coisa aqui.

Ouviram mais uma vez:

— Geraldo!

— É o Braz. — Murmurou Geraldo enquanto calçava a sandália e saía pela porta.

Quando Geraldo abriu a porta, a sua frente havia alguns homens encapuzados. Quis voltar, mas era tarde, uma rajada de tiros o fez tombar ali mesmo na porta da casa. Nesse instante, Lucinha correu em direção à porta e ficou congelada ao ver Geraldo ali caído, todo sujo de sangue. Levou a mão à boca e caiu sobre o corpo do marido, alvejada por quatro disparos certeiros.

O quarto em que Nando dormia ficava nos fundos, mas o sonido dos disparos o acordou, ficou em silêncio por algum tempo, sem, no entanto, nada ouvir. Resolveu finalmente verificar se havia alguma coisa errada. Apanhou a pistola cromada que seu pai havia lhe deixado para qualquer eventualidade e foi se esgueirando junto às paredes até alcançar a sala. Percebeu que a porta estava totalmente aberta, aquilo era muito estranho. Caminhou em direção à porta e, não queria acreditar no que seus olhos viam, eram os seus pais ali caídos. Nando deixou a pistola sobre uma mesinha e saltou sobre os corpos com grande desespero.

— Pai, mãe! O que aconteceu aqui meu Deus? Quem fez isso?

Nando correu até o telefone e ligou para o SAMU, pedindo que eles viessem com urgência, mas temia que ambos estivessem mortos. De imediato também informou ao comandante do batalhão de polícia a respeito do atentado ao corregedor e não demorou muito para que a casa estivesse cheia de policiais. O pessoal da emergência chegou e verificou que o coronel Geraldo já estava morto, entretanto, Lucinha ainda estava com vida, mas com poucas chances de sobreviver. Levaram-na imediatamente para o hospital enquanto os peritos examinavam a cena do crime.

Um dos policiais perguntou a Nando:

— Você conseguiu ver alguém?

— Não, eu estava dormindo, ouvi os disparos e saí para ver, mas já não havia ninguém.

— Está certo, sei que você está muito abalado nesse instante, mas gostaria muito que você me procurasse depois para podermos colher mais algumas informações.

— Está certo, eu preciso de um tempo, ainda não consigo entender o que está acontecendo aqui, não caiu a ficha.

— Certo, se precisar de alguma coisa é só falar.

O coronel Geraldo tinha muito amizade com o coronel Walter, o próprio coronel Walter conduzia as investigações, era uma questão de honra.

No funeral do coronel Geraldo, uma multidão de pessoas compareceu para dar adeus àquele homem honrado que sempre serviu à população. Enquanto viveu, estava sempre disposto a ajudar quem quer que fosse.

— Meus sentimentos. — Disse um homem conhecido da família. — Eu lamento muito pelo seu pai, era um grande amigo. — Continuou.

Nando apenas consentiu com a cabeça. Fitou o homem por algum tempo e em seguida disse:

— Você é o Braz, não é?

— Isso mesmo, eu estava com o seu pai ainda ontem na sua casa, não posso acreditar que agora ele esteja morto.

— É verdade, eu me lembro de você, a que horas saíram de lá?

— Acho que por volta de uma hora. Creio que assim que saímos de lá esses bandidos aproveitaram para atacar. Onde vamos parar com tanta violência?

— É, mas eu juro que esses caras que fizeram isso com meus pais vão pagar muito caro.

— Quanto a isso não se preocupe Nando, nós vamos encontrá-los e dar a eles o que merecem.

Os dois ficaram em silêncio por algum tempo, Nando olhava para a urna de madeira coberta de flores, muitas perguntas assaltavam a sua mente.

— E como está a dona Lucinha? — Perguntou o Braz.

— Ainda está em coma, os médicos disseram que por enquanto não podem dar nenhum parecer.

— Espero que ela se recupere logo.

— Eu também, só ela poderá esclarecer algumas coisas.

Nesse instante o cabo Dennis se aproximou dos dois e cumprimentou Fernando.

— Meu pêsame Nando, sei que nessa hora não adianta muitas palavras, mas gostaria de te dizer que estamos aqui, pro que der e vier, somos uma família, compartilhamos a mesma dor e mexeu com um, mexeu com todos.

Quando o caixão finalmente desceu à gaveta, Fernando soltou um gemido dolorido e chorou. Seu pai não era muito de conversa e às vezes se sentia um pouco distante dele, mas agora sabia que nunca mais poderia se aproximar, tudo estava acabado.

Dennis convidou Braz para se afastarem dali, e um pouco mais a frente os dois confidenciavam preocupados.

— Acha que ela vai viver?

— Sei lá cara, tomara que não.

— Já pensou se ela tiver nos reconhecido?

— Não creio, mas nós vamos dar um jeito nisso.

— No que você está pensando?

— Primeiro em encontrar o mais rápido possível os assassinos, antes que comece a surgir especulações.

— Entendi, você não perde tempo mesmo, não é?

— Não podemos perder tempo, o nosso tempo é dinheiro, vou falar com o coronel Walter para fazermos uma operação na favela e pegarmos os culpados.

— Será que ele vai topar?

— É lógico que vai, você tem alguma ideia melhor?

Naquela mesma semana, uma intensa operação policial foi desencadeada na comunidade, parecia uma guerra, tiros de fuzil por todos os lados, pessoas se encolhendo dentro dos barracos e gritos por todos os lados.

Um dos olheiros do tráfico foi apanhado e os policiais começaram a espancá-lo.

— Aí, é melhor falar logo, quem foi o vacilão que despachou o corregedor?

— Sei não cara, ninguém aqui tem bronca com esse tal aí que morreu.

— Cala o seu bico seu mané, e só me dê os nomes.

— Qualé, corregedor é bronca de polícia meu, nosso negócio é outro.

— Ô Dennis, despacha logo esse cara, ele tá zuando com a nossa cara.

— Calma aí parça, vocês querem uns caras pra queimar eu vou dar pra vocês.

— Não falei Dennis? Esses caras são muito espertos, tá ligado?

— E aí? O que vai ser?

— Eu vou ligar pra um mano lá em cima, vocês querem os caras vivos ou apagados?

— Pode mandá-los apagados, vai dar menos trabalho, mas tem que ser pra ontem, copiou?

O olheiro pegou o telefone e fez uma ligação.

— Alô? É o seguinte parça, os homens estão dando uma dura aqui.

— *O que eles querem? Nosso pagamento está beleza com eles.*

— Parece que estão com uma bronca aí e precisam de dois presuntos.

— *Pô, presunto? Qual é a deles?*

— É o seguinte, você ainda está com aqueles dois vacilões que foram encontrados de bobeira na comunidade aí?

— *Tô sim, mas eu ia usar eles pra negociar uma troca com a galera de lá.*

— Não mano, apaga eles e manda pra baixo que o bicho tá pegando aqui.

— *Já é mano, daqui a pouco chega aí, fica de bôa.*

Pouco tempo depois a imprensa divulgava o resultado da operação, revelando a rapidez da polícia na captura dos assassinos do corregedor. Eram dois garotos negros, magros, deviam ter no máximo dezessete e dezoito anos. Infelizmente eles reagiram e foram mortos na troca de tiros, essa foi a versão oficial.

Nando foi falar com o coronel Walter, que mostrou as fotos dos assassinos e contou sobre o sucesso da operação.

— Só não entendo uma coisa, coronel, porque esses caras matariam o meu pai?

— Infelizmente não vamos ter essa resposta rapaz, já que os assassinos estão mortos, mas é provável que foram para roubar. O seu pai pode ter esboçado alguma reação e eles atiraram.

— Mas não roubaram nada coronel.

— Pode ser que não tenha dado tempo, podem ter se assustado com alguma coisa e fugiram sem levar nada, isso é muito comum.

— Meu pai e minha mãe foram atingidos na porta de casa coronel, com vários disparos, típico de execução.

— Eu era muito amigo do seu pai, ele não tinha inimigos.

— Pode ser, mas meu pai sempre foi muito cauteloso, não abriria a porta para qualquer pessoa em um horário tão impróprio para uma visita.

— O que quer dizer?

— Que alguém deve tê-lo chamado pelo nome, alguém que ele conhecia muito bem.

— Olha rapaz, você está imaginando coisas, eu entendo que está muito abalado, mas esse caso está encerrado.

— Encerrado para o senhor coronel, porque eu não engulo essa história que foi divulgada pela mídia.

— Muito cuidado com o que você fala rapaz, isso é um desrespeito com os homens que arriscaram as suas vidas nessa operação para encontrar os assassinos do seu pai.

— Isso é o papel da polícia coronel, não fizeram mais que o seu dever.

— Me faça um favor rapaz, saia daqui antes que eu esqueça a consideração que tinha pelo seu pai e mande te prender por desacato a autoridade.

— Não será necessário, eu já vou embora, passar bem coronel.

Nando saiu furioso, alguma coisa não lhe cheirava bem, sabia que tinha algo errado e precisava descobrir o que era.

Dona Isaura voltava do hospital, tinha ido fazer uma visita, que na verdade era bem habitual, sempre que podia ia até lá orar pelos doentes. O coletivo em que ela seguia passava próximo ao Olaria e ela desceu um pouco antes do final do trajeto para percorrer o restante a pé. Logo que o veículo se afastou, pretendia atravessar a rua para seguir destino à comunidade, mas quando fez menção de atravessar, avistou um jovem sentado em um banco, estava visivelmente aborrecido. Isaura era assim, não podia ver ninguém triste que já se aproximava e ia puxando assunto.

— Olá meu rapaz, está tudo bem?

O jovem olhou para aquela senhora um tanto desconfiado, não a conhecia e não tinha o hábito de conversar com qualquer pessoa.

— Fique tranquilo, meu bom rapaz, eu percebi que você está muito abatido, por isso parei um pouco para conversar.

— É verdade, eu estou sim, acabo de perder o meu pai de uma forma violenta e minha mãe está praticamente morta no hospital.

— Olhe, tudo vai ficar bem, a sua mamãe não vai morrer, eu vou orar por ela viu? Deus não vai permitir que ela morra.

— Obrigado, eu agradeço a senhora pela sua oração. Isaura ficou algum tempo olhando para o jovem, mexeu os lábios como se estivesse falando consigo mesma.

— Ouça meu rapaz, eu não sei o que você pretende fazer, mas o Senhor sabe e ele manda lhe dizer: Minha é a vingança, não levante a mão contra os teus adversários, se assim o fizer, eles comerão a tua carne e os teus dias serão amargos, você irá se enveredar por um caminho muito escuro e frio. Entregue os teus caminhos ao Senhor e ele tudo fará.

O jovem ficou atônito com aquelas palavras, quem seria aquela senhora? Como sabia tanto sobre os seus pensamentos?

Isaura tocou com a mão no ombro do jovem e se despediu seguindo o seu caminho. Tinha a sensação de que o seu dever estava cumprido.

Fernando chegou em casa e percebeu que a porta estava entreaberta, teria ele deixado assim? Não se recordava. Entrou na casa com muita cautela, mas tudo estava como havia deixado. Percorreu todos os cômodos e não percebeu nada fora do lugar, entretanto, ao chegar no escritório do corregedor, viu que as gavetas estavam abertas e havia papeis espalhados por todos os lados.

— Eu sabia que tinha alguma coisa errada, minhas suspeitas estavam certas. O que estariam procurando?

Embora Fernando procurasse de forma minuciosa por alguma pista, nada encontrou que levasse a algo de concreto, a única coisa que ficava muito claro é que aquela bagunça no escritório do corregedor tinha alguma ligação com sua morte e se isso fosse verdade, havia muitas coisas que Nando precisava ainda descobrir.

Naquela semana Fernando se apresentou no batalhão por término de luto, mas a sua cabeça ainda estava lá fora, não poderia trabalhar daquela forma. Alguns amigos o procuraram para dar-lhe as condolências e Fernando lhes contou alguns detalhes sobre a morte de seu pai e falou das suas desconfianças.

— Nando, eu sei quem pode lhe ajudar nisso aí, fale com o sargento Francisco, esse pessoal da Seção de Inteligência são feras na investigação.

— Tem razão, eu vou falar com ele e ver no que dá. Fernando aguardou o término do treinamento físico e se dirigiu até o pavilhão de Comando com a finalidade de encontrar o sargento Francisco na seção de inteligência.

Tocou o interfone e do interior ouviu a pergunta:

— Quem é?

— Cabo Fernando.

— Quer falar com quem Fernando?

— Quero falar com o sargento Francisco.

— Certo, aguarde um instante que vou chamá-lo.

Alguns instantes depois, a porta se abriu dando lugar a uma figura simpática.

O sargento Francisco era um veterano daqueles que ama o que faz. Havia vindo transferido de um batalhão de infantaria de selva em Marabá e desde então integrava a seção de inteligência do batalhão, no entanto, era oriundo de Santa Maria, Rio Grande do Sul. Os cariocas as vezes tinham dificuldades para entender o forte sotaque gaúcho do sargento.

— Quer falar comigo tchê?

— Sim senhor, eu preciso de um grande favor.

— Bah! Se tiver ao meu alcance pode contar comigo.

— O senhor sabe o que aconteceu com o meu pai, não é?

— Barbaridade! Eu fiquei sabendo sim, e como que tu estás?

— Eu estou bem, mas não tem sido nada fácil, estou tentando me acostumar com a ideia.

— É isso aí tchê, mas o que você quer de mim?

— É que a história que contaram do assassinato do meu pai está muito sinistra, eu preciso que o senhor investigue algo para mim.

— Como assim tchê? A polícia já não despachou a gurizada?

— Eu não tenho muita certeza disso, por isso gostaria que o senhor puxasse a ficha desses dois caras que a polícia despachou para ver se confere com o teatro que montaram.

— Certo, vou ver o posso fazer pra ti e te mantenho informado.

— Positivo sargento, eu agradeço o senhor por isso.

Fernando se despediu do sargento Francisco e seguiu para a companhia, precisava ainda falar com o capitão Rocha, seu comandante de companhia.

O capitão Rocha apesar de ser um Força Especial (FE) e ter participado da operação de paz no Haiti, era um sujeito muito simples, gostava de estar entre os praças. Havia servido ali mesmo naquele batalhão quando ainda era segundo tenente, recém-saído da academia e agora estava de volta na graduação de capitão, comandando uma companhia de paraquedistas.

Fernando acercou-se do PC do capitão Rocha e tão logo o avistou, deu um passo enérgico à frente, tomou posição de sentido, bateu continência e se apresentou.

— Cabo Fernando, do pelotão de atiradores, permissão para falar com o senhor!

— Pode ficar à vontade cabo, eu soube do que aconteceu a seu pai, eu sinto muito meu rapaz.

— Obrigado capitão.

— Você precisa de alguma coisa?

— Sim senhor, preciso de uma dispensa de quinze dias.

— Quinze dias? Mas você acabou de chegar da licença de luto.

— Certo capitão, mas a minha mãe ainda está em como e corre risco de morte.

— Ok, Fernando, vou falar com o comandante, se ele autorizar eu lhe concedo essa dispensa.

— Sim senhor capitão, permissão para me retirar.

— Tem! Assim que tiver uma posição eu peço para o sargenteante te informar.

Era já final do expediente quando o sargenteante comunicou a Fernando de que a dispensa havia sido autorizada e ele poderia ir para casa, só se apresentando pronto para o serviço após os quinze dias.

Fernando deixou o batalhão e retornou para a sua casa, mas ao chegar em casa ficou o tempo todo andando de um lado para outro sem saber o que fazer ou por onde começar. Cansado de forçar a mente acabou dormindo ali mesmo na sala.

Pela manhã, assim que se levantou, ainda estava com a cabeça martelando, quando de repente o telefone tocou, era do hospital, informavam que dona Lucinha havia saído do coma e apresentava uma melhora significativa. Fernando partiu imediatamente para lá. Chegando ao hospital, se dirigiu ao apartamento onde estava sua mãe, mas quando entrou ficou surpreso de que já havia alguém com ela.

— Moreira? O que faz aqui?

— Eu vim fazer uma visitinha para a dona Lucinha, fico muito feliz de que ela já esteja bem melhor.
Fernando apenas acenou com a cabeça, mas ficou em silêncio.

— Bom, você está chegando, mas eu já estava de saída, até mais para vocês.

Fernando se aproximou do leito, Lucinha estava com os olhos abertos, mas ainda estava muito fraca.

Nando segurou-lhe a mão e a acariciou.

— Tive muito medo mãe, medo de perder você também e ficar sozinho nesse mundo.

Uma lágrima escorreu pelo rosto de Lucinha.

Fernando permaneceu por um longo tempo ali ao lado de sua mãe, por fim, Lucinha adormeceu. Fernando aproveitou para sair em busca de algo que pudesse comer, não havia se alimentado direito desde o dia em que seu pai foi assassinado.

Depois de comer alguma coisa em uma lanchonete que ficava próximo ao hospital, Fernando foi para casa descansar um pouco, precisava pensar, não sabia sequer por onde começar ou mesmo o que estava procurando, talvez o próprio tempo lhe trouxesse alguma resposta.

Um preço para a liberdade, por Daniel Genuino

CAPÍTULO 3

O SABOR DA VINGANÇA

Finalmente Lucinha deixou o hospital e pode voltar para casa, estava ainda um tanto debilitada e quase não conseguia falar. Pediu que não queria ver ninguém, já que ainda estava se recuperando sob cuidados médico.

Fernando já havia se apresentado no batalhão por término de dispensa, mas não havia progredido nada nas suas investigações, se bem que ainda não havia desistido de encontrar qualquer pista que levasse aos assassinos do coronel Geraldo Pinho.

No batalhão, a vida seguia a sua rotina, o expediente da tarde naquele dia estava chegando ao fim e Nando se preparava para ir para a sua casa quando o sargento Francisco o abordou.

— Fernando!

— Fala aí sargento, tudo certo?

— Tudo. É o seguinte tchê, andei dando uma bisbilhotada naquele assunto que você me pediu.

— Descobriu alguma coisa, sargento? – Perguntou Fernando com muito entusiasmo.

— Escute só, parece que aqueles guris que a polícia despachou não eram daqui de perto. Na verdade, eles eram de uma facção rival da que opera lá no Alemão, o que me faz pensar que eles não iriam dar bobeira por aqui.

— Faz todo sentido, sargento.

— Além do mais, parece que o lance desses caras é só o tráfico mesmo.

— Eu já desconfiava disso, sargento.

— Eu vou continuar investigando, mas talvez fosse interessante você verificar se o seu pai estava trabalhando em algum caso importante, afinal ele era da corregedoria, não é?

— Tem toda razão, sargento, eu vou falar com um amigo do meu pai que trabalha lá.

— Isso, boa sorte, e vá com muita cautela, não confie em ninguém.

Nando foi até a corregedoria e lá encontrou um velho amigo do seu pai que o recebeu com alegria.

— Fernando! Que bom ver você rapaz, há muito tempo que não lhe via.

— É verdade.

— Eu lamento pelo que aconteceu com o seu pai, era um ótimo amigo.

— Eu sei, é por isso que eu vim te procurar.

— Em que posso te ajudar?

— Gostaria de saber se o meu pai estava trabalhando em algum caso importante antes de ser assassinado.

— Você desconfia que tem mais alguma coisa que não foi revelada?

— É só um palpite que vem me incomodando, penso que tudo isso tem algo com relação ao trabalho do meu pai.

— Mas os assassinos do seu pai foram executados pela polícia e além disso, o crime foi configurado como tentativa de roubo.

— Isso é o que dizem, mas não roubaram nada na casa, e depois, parece que alguém voltou lá em casa e revirou todo o escritório do meu pai como se estivesse procurando alguma coisa.

— Tem certeza de que isso aconteceu depois do ocorrido?

— Claro que tenho, eu havia saído de casa e quando retornei, encontrei a porta aberta e a casa toda revirada.

— Isso é muito estranho.

— Não é? É por isso que eu não acredito nessa versão que a polícia apresentou, além do mais, não houve nenhuma confissão por parte dos assassinos, como foi que a polícia chegou a essa conclusão?

— E o que exatamente você quer saber?

— Quero saber em que o meu pai estava trabalhando anteriormente.

— Rapaz, isso é confidencial, mas eu vou lhe informar alguma coisa. O seu pai estava investigando dois policiais suspeitos de corrupção, extorsão e outros crimes. Parece que eles estavam metidos até o pescoço com o crime organizado, mas curiosamente esses dois policiais foram mortos por traficantes durante a trocas de tiros em uma operação policial ocorrida a alguns meses no Alemão.

— E o meu pai concluiu o trabalho?

— Não. O processo foi arquivado a pedido do coronel Walter, sabe como é, a família já havia sofrido muito com a perda desses chefes, trazer os podres deles à tona só traria maiores sofrimentos.

— Tem razão, é melhor morrer como herói do que ser preso como bandido.

— Bom, espero ter ajudado em alguma coisa.

— Ajudou muito, eu o agradeço pela sua atenção.

Ao deixar a corregedoria, Fernando foi imediatamente procurar o sargento Francisco para contar-lhe as novidades.

— Bah! Que coisa é essa que você está me contando!

— Então sargento, eu gostaria que o senhor descobrisse para mim, quem participou dessa operação nesse dia em que esses dois militares foram mortos.

— Deixa comigo tchê, vou descobrir e te aviso, agora eu creio que temos algo mais sólido.

Alguns dias depois, o sargento Francisco foi até a casa de Fernando para lhe comunicar o que descobriu.

— Olha só tchê, consegui uma *rela* com os nomes dos policiais que estavam naquela operação e entre os nomes, tem quatro policiais que também estavam na mesma operação que pegaram os supostos assassinos do seu pai.

— Certo, e quem são eles?

— O soldado Moreira, o Silva, o Braz e o Dênis. Tu conheces algum deles?

— Claro que sim, mas pode ser apenas coincidência, esses policiais eram amigos do meu pai, inclusive estavam aqui com ele na noite em que tudo ocorreu.

— Bom, por enquanto isso é tudo que que eu descobri, se souber de mais alguma coisa eu te aviso.

Fernando ficava cada vez mais intrigado, sabia que não estava muito longe da resposta, mas nada lhe vinha em mente.

Com a cabeça quase explodindo, Nando saiu para caminhar um pouco e assim poder pensar melhor. Antes de sair, apanhou a sua pistola, colocou-a na cintura e cobriu com a camiseta, e saiu pela avenida andando sem direção. Não era religioso, mas pediu a Deus que lhe desse uma direção, um sinal, algo que pudesse levar ao esclarecimento desse mistério.

Depois de caminhar por alguns minutos, estava prestes a voltar quando viu uma movimentação estranha acontecendo em um trecho com pouca iluminação. Vacilou por um uns instantes, mas por fim seguiu seus instintos e foi em frente. Eram uns cinco homens espancando com crueldade um jovem negro que estava caído ao solo. Fernando sem pensar muito, sacou a pistola e fez um disparo para o alto, imediatamente os agressores saíram em disparada e Fernando se aproximou do jovem que estava caído, notou que ele estava muito machucado.

— Ei, pode me ouvir? Tenha calma eu vou chamar socorro para você, tem que ir para um hospital.

— Não... não... eu não quero... me ajude a ir para casa.

— Cara, você está muito ferido, tem que ir a um médico.

— Eu... não posso, me ajude por favor, não me deixe morrer aqui.

Fernando ligou para um amigo e pediu que viesse o mais rápido para socorrê-lo. Assim que o amigo chegou ao local ele disse:

— Me ajude aqui parceiro, este cara está mal e precisa de uma mãozinha.

— Pô Nando, isso não vai dar merda não?

— Fica frio parceiro, eu assumo, seja lá o que der.

— Aí, pra onde você quer levar esse cara?

— Para a minha casa, ele precisa de uns curativos.

Colocaram o rapaz no banco traseiro do carro e foram para a casa de Fernando no tradicional Olaria.

Fernando entrou sorrateiramente em casa e foi direto para o quarto, levando o jovem quase morto nos braços, depositando-o sobre um colchonete. Rapidamente pegou o seu kit de primeiros socorros, higienizou os ferimentos e em seguida fez os curativos, por sorte havia aprendido fazer suturas no exército. Disponibilizava também de diversos tipos de medicamentos como analgésicos, anti-inflamatórios e antibióticos. Fez com que o jovem ingerisse alguns comprimidos e depois deixou que ele dormisse.

No dia seguinte o jovem despertou muito assustado, estava um tanto confuso e não se recordava como havia chegado ali. Olha ao redor tentando identificar alguma coisa ou se recordar de algo, Fernando estava sentado a uma cadeira e ao perceber que tinha já se despertado tratou logo de acalmá-lo.

— Ei, calma, você está seguro aqui.

— Quem é você? Onde estou?

— Eu te encontrei no beco perto da linha de ferro, tinha uns caras querendo acabar com você.

— Ah sim, agora me recordo, caramba, quase me arrebentaram, eu estou na sua casa?

— Isso, você não quis ir ao hospital, então eu te trouxe para cá e fiz alguns curativos nos ferimentos. Felizmente parece que não quebrou nada.

— Eu te devo essa cara, não gosto de hospital, o pessoal de lá geralmente chamam a polícia e a polícia não gosta do povo da comunidade.

— Você mora no Alemão?

— Moro sim, mas você não é da polícia, ou é?

— Não, pode ficar sossegado.

— Véi, você chegou na hora, mais um pouco e aqueles caras teriam me pulado.

— Bom, não foi dessa vez, você os conhece?

— Eles são da comunidade de Ramos, mas eu não os conheço e nem quero conhecer, basta a gente se topar que o bicho pega, mas e você? Por que um cara como você me ajudaria?

— Sei lá, nada a ver cara, eu perdi o meu pai há poucos dias e sei o que é perder a vida assim de repente.

— O que aconteceu com o seu pai?

— Foi assassinado, a polícia diz pegou os assassinos em uma operação no Alemão, mas eu tenho as minhas dúvidas.

— Quem era o seu pai?

— Você deve ter ouvido falar da morte do corregedor Geraldo, saiu em todos os jornais.

— O corregedor? Claro que sim, mas não foi ninguém do morro que que apagou o seu pai, isso eu garanto.

— E como você sabe?

— Eu sei, cara. Os tiras subiram o morro e exigiram alguns trutas para o chefe do morro, ele entregou uns manés que tinham sido apanhados vacilando por lá, os caras nem sabe porque morreram.

— Você sabe quem eram os tiras que estavam à frente dessa negociação?

— São os caras de sempre, um tal de Moreira, Dênnis, Braz, esses caras aí é que sempre estão cobrando propina do pessoal do morro.

Fernando não estava acreditando no que estava ouvindo, agora as coisas começavam a fazer algum sentido na sua cabeça.

Enquanto isso, o rapaz se levantou decidido a ir embora, Fernando tentou persuadi-lo a ficar mais um tempo repousando, mas foi em vão.

— Posso não véi. Valeu pela ajuda, mas tenho que meter o pé, eu só me sinto seguro quando estou lá no alto do morro.

— Tudo bem então... você não me disse o seu nome.

— Aí, pode me chamar de neguinho valeu?

Dizendo isso, neguinho seguiu rumo à porta e com passos decididos desapareceu por entre as pessoas que circulavam pela rua.

Nando ficou por alguns instantes observando e em seguida se dirigiu até o quarto onde sua mãe estava de repouso precisava falar com ela. Empurrou a porta bem devagar enquanto sussurrava:

— Mãe?

— Oh! Entre meu filho.

— Como a senhora está?

— Eu estou me sentindo bem melhor.

— Mãe, por favor, fale-me o que aconteceu naquele dia, a senhora viu alguém?

— Não, não vi ninguém!

— Como assim? A senhora foi baleada, tentaram matar a senhora, não viu quem estava atirando?

— Eu já disse que não, agora me deixe em paz que eu estou muito cansada, não me pergunte mais nada sobre esse assunto porque eu não quero falar mais sobre isso.

Dona Lucinha começou a ficar muito agitada e Fernando resolveu deixá-la em paz.

Talvez no batalhão de polícia fosse o único lugar onde poderia obter alguma resposta, por isso foi até o quartel de polícia e procurou pelo Dennis que o atendeu prontamente.

— Fala meu jovem, em que posso ajudá-lo?

— Eu estou com um problema e preciso de um conselho.

— Pode falar, eu estou ouvindo.

— Você sabe que eu nunca acreditei que o meu pai tivesse sido morto por aqueles dois caras que vocês apresentaram, não é?

— Como assim rapaz, que conversa é essa? Eu mesmo participei da operação que pegou os malandros, seu pai era nosso chegado.

— Eu sei, mas tem umas coisas estranhas acontecendo e eu não sei o que pensar.

— Como assim coisas estranhas? O que está acontecendo?

— Um sujeito ligou para a minha casa e disse que sabe quem foram os caras que mataram o meu pai, não é estranho?

— E você sabe onde encontrar esse cara?

— Ele me disse que vai entrar em contato comigo, mas ele garantiu que os assassinos de meu pai estão bem vivos e que eu vou me surpreender quando souber quem são.

Quando o policial ouviu isso ficou pálido, sua expressão facial mudou imediatamente, estava visivelmente perturbado com aquela informação. Nando percebeu isso e ficou muito satisfeito com a impressão que a sua fala causou no policial, tudo indicava que ele estava mordendo a isca.

— Olhe preste atenção Fernando, se você souber de qualquer coisa precisa me informar urgente, mas não passe essa informação para qualquer pessoa, somente para mim.

Fernando saiu do batalhão muito otimista e a partir de aquele momento, percebeu que estava sempre sendo seguido de longe por alguém.

Alguns dias depois, Fernando pegou o seu rifle, desmontou-o e guardou em uma maleta e seguiu para o parque que fica junto à linha já bem próximo ao Alemão. Lá chegando, ficou escondido no mato já com a sua arma montada e equipada com uma luneta.

Após algum tempo de espera, percebeu que um veículo civil se aproximou da mata. De dentro do veículo saíram quatro homens bem armados e assim que entraram na mata, todos colocaram capuzes pretos.

Fernando se aproximou o máximo para tentar ouvir o que estavam dizendo e ouviu quando um deles disse:

— Por via das dúvidas matem o rapaz também se o encontrarem.

— É, a essa hora ele já pode estar sabendo demais. — Disse outro.

Agora Fernando não tinha mais nenhuma dúvida de que eles estariam envolvidos na morte de seu pai. Se afastou rapidamente do local onde eles estavam e se posicionou em um local mais alto de onde podia ver todos eles.

— Está me procurando Dennis? — Gritou ele lá de cima.

A resposta dos quatro homens foi uma rajada de tiros em direção ao local em que Fernando estava escondido.

Quando pararam de atirar por algum tempo para conferir se haviam eliminado o alvo, ouviu-se um único disparo vindo do alto do morro e um dos homens caiu ao solo totalmente imóvel, era possível perceber a perfuração no capuz, que já estava manchando de sangue na altura da testa.

Novamente fizeram uma chuva de balas em direção ao local onde estava o atirador, mas não podiam vê-lo entre as ás árvores.

Mais um tiro ressoou na mata e mais um dos encapuzados caiu no chão, morto com um tiro entre os olhos.

A coisa estava ficando complicada para os encapuzados que se abrigaram atrás das árvores e já não arriscavam mais ficar desprotegidos. Tramavam alguma estratégia para conseguir apanhar o exímio atirador que se ocultava no bosque.

Finalmente um deles saiu correndo em direção onde estava o veículo, provavelmente ia pedir reforços, enquanto o outro dava cobertura atirando adoidado.

Ouviu-se um novo disparo e o último homem percebeu quando o seu companheiro rolou a dois passos de alcançar a porta do veículo.

O único encapuzado que restou parecia apavorado, não estava disposto a ter o mesmo destino dos seus companheiros.

— Ei, o que você quer afinal de contas? Talvez nós possamos negociar.

— Eu não negocio com assassinos covardes.

— Mas do que você está falando rapaz?

— Eu já estou sabendo de tudo, foram vocês que mataram o meu pai e por isso vão pagar com a vida.

— Olhe não faça isso, você está enganado, nós não matamos o seu pai. Porque você não joga a sua arma e conversa comigo? Eu só quero te ajudar, seu pai era nosso amigo.

— Como vou saber que você está falando a verdade?

— Eu te conheço desde pequeno rapaz, confie em mim, não vou fazer nada contra você.

Fernando foi saindo à vista do seu oponente, mas percebeu a manobra do bandido que disparou sem nenhum aviso repetidas vezes contra o peito de Fernando.

Houve um certo silêncio e o policial sorriu levemente vendo Fernando caído a poucos metros de distância.

Sem hesitar o homem correu em direção ao local para ver se Fernando estava realmente morto enquanto dizia:

— Imbecil, podia ter ficado numa boa, mas teve que se meter em nosso caminho, teve o mesmo destino do pai.

Aproximou-se até chegar bem perto de Fernando e ia dar mais um tiro por garantia quando subitamente Fernando se levantou apontando o rifle e dando um tiro certeiro.

Surpreendido o homem caiu gravemente ferido soltando altos gemidos de dor. Fernando se aproximou e retirou o capuz do rosto do homem que agonizava.

— Porquê Moreira? Por que mataram o meu pai?

— Era ele ou nós rapaz...

— Mas vocês eram amigos dele, foram até no velório.

— Eu sinto muito rapaz, eu...

Moreira não pode terminar a sua fala, seus lábios pararam de se mover e as pupilas ficaram dilatadas. A Morte o havia levado.

CAPÍTULO 4

A FUGA

A morte dos quatro policiais causou um grande alvoroço na cidade.

Os noticiários destacavam a chacina em que esses quatro valentes defensores da lei haviam sidos vitimados na sua honrosa missão de combate contra o crime.

Uma megaoperação foi desencadeada no morro, onde se prendeu drogas, armas de grosso calibre, munições, diversos traficantes, além outros que foram mortos no confronto. Como vingança, um grupo de traficantes desceram o morro e queimaram dez ônibus, ordenaram o fechamento de comércios e escolas e efetuaram diversos tiros de fuzis nas UPPs em diversos pontos da cidade. Essa é a forma dos traficantes mostrarem o seu poder de fogo aos policiais em uma tentativa de intimidação.

Fernando tinha retornado ao batalhão e procurava seguir com a sua vida, como se nada tivesse acontecido.

Durante uns dois meses tudo aconteceu normalmente, mas certo dia, ao chegar no batalhão, o comandante da guarda pediu que ele aguardasse uns instantes e ordenou a um soldado que fosse imediatamente chamar o oficial de dia. Alguns minutos depois, o oficial de dia chegou ao corpo da guarda, chamou dois soldados armados com fuzis e se dirigiu a Fernando.

— Bom dia, cabo Fernando.

Fernando tomou posição de sentido, bateu continência, como é costume dos militares e respondeu:

— Bom dia, tenente!

— Cabo, eu não sei o que você fez, mas tenho ordens do comandante do batalhão para te recolher ao xadrez.

— Mas porquê, tenente? Por qual motivo?

— Como já te disse, eu não sei ainda o motivo, apenas recebi ordens para te recolher, posteriormente o próprio coronel vai te colocar a par de toda a situação.

— Está certo, tenente.

— Certo, então vamos lá.

O oficial de dia conduziu Fernando até a cela que fica ao lado do portão das armas, como é chamado o portão principal do batalhão e em seguida ouviu se o rangido do ferrolho que tranca a pesada grade de puro ferro, deixando Fernando completamente atordoado.

Por volta das dez horas da manhã, após o treinamento físico militar, o comandante do batalhão solicitou ao oficial de dia que conduzisse Fernando até o seu gabinete, no pavilhão de comando.

Ao entrar no gabinete do comandante, Fernando percebeu que além do coronel Amaro, comandante do batalhão, estavam presentes o Capitão Rocha, seu comandante de companhia, o major Sérgio, subcomandante e o capitão Batista, S2 do batalhão.

Quem começou o interrogatório foi o próprio coronel Amaro.

— Fernando, eu vou ser bem sucinto em minhas palavras e gostaria que você agisse da mesma forma respondendo as minhas perguntas.

— Sim senhor. — Respondeu o cabo Fernando prontamente.

— Muito bem. Eu soube da trágica morte do coronel Geraldo Pinho, eu mesmo tive o prazer de conhecê-lo ainda na ativa, era um homem exemplar, mas indo ao que realmente nos interessa, eu soube que você estava investigando por conta própria a esse respeito, você confirma isso?

— Sim senhor, confirmo sim.

— Muito bem, e o que você descobriu? Chegou a alguma conclusão?

— Não senhor.

— Ainda está investigando?

— Não senhor.

— Como assim? Você simplesmente desistiu, ou já resolveu o problema?

— Eu desisti senhor.

— Isso é mesmo verdade? Porque eu acho muito estranho que exatamente os policiais sobre os quais você estava buscando informações tenham morrido com tiros certeiros de rifle em uma emboscada.

— Eu não sei nada sobre isso senhor.

— Pois eu penso que você sabe, é um atirador de elite, não é?

— Sim senhor.

— Ouça guerreiro, eu tenho informações suficientes para te prender, mas não é minha atribuição fazer isso, e também não quero a atenção da mídia voltada para o meu batalhão, por isso escute bem o que vou lhe propor, você tem duas opções, assinar o seu requerimento de licenciamento, que está ali com o seu comandante de companhia, e ir resolver a sua situação lá fora, ou voltar ao xadrez enquanto a polícia conclui as investigações sobre esse caso. E se ficar comprovada a sua autoria naquele crime, eu mesmo entrego você nas mãos do coronel Walter para você pagar pelo seu crime, pois nada justifica uma ação como essa.

Fernando ficou atônito com as declarações do coronel Amaro, não queria acreditar que aquilo estivesse acontecendo, o exército era o seu sonho de infância e agora, tudo estava desmoronando debaixo dos seus pés.

— Então guerreiro? Eu estou esperando a sua resposta.

— Eu assino o requerimento senhor, acho que não tenho muita escolha.

— Certo. Capitão Rocha, traga o requerimento para o guerreiro assinar!

Fernando assinou todas as folhas do documento e em seguida indagou:

— Eu vou poder ir embora agora?

— Negativo, você vai ficar detido na companhia até sair a publicação em boletim.

O coronel deu por encerrada a reunião e Fernando voltou para a companhia acompanhado pelo capitão Rocha. No percurso o oficial trocou algumas palavras com Fernando.

— Sabe guerreiro, eu até acho que você fez bem. Ouvi dizer que aqueles policiais que morreram eram todos corruptos. Agora, fique experto viu? Se os policiais daquela unidade descobrirem que você tem alguma ligação com essas mortes, você vai para o charco.

— Eu sei, capitão.

— Vou lhe dar um bizú, assim que você for liberado, vaza para bem longe daqui.

— É o que eu pretendo fazer capitão.

Os demoraram-se para passar, mas finalmente saiu a publicação do licenciamento por interesse próprio do cabo Fernando.

Depois de ouvir a leitura daquele boletim, que foi muito dolorosa para Fernando, enfim o capitão Rocha o colocou diante da tropa e teceu diversos elogios pelos serviços prestados por aquele militar que depois de alguns anos de bons serviços prestados, deixava a caserna para cuidar de interesses próprios.

Ao passar pelo portão das armas, não mais trajando o tão cobiçado uniforme com sua boina vermelha, sentiu que estava deixando para trás um pedaço da sua própria carne, encravado nas paredes, nos muros, nos colchões e na própria farda que ficava para sempre no passado e na memória daquele jovem.

Ao chegar em casa, Fernando colocou a sua mãe a par de tudo que aconteceu, inclusive de como matou os assassinos do seu pai.

— Meu Deus, Fernando, você não devia ter feito uma coisa dessa.

— Eu tinha que fazer, mãe. Eu não ia ficar em paz, enquanto não resolvesse esse problema.

— Mas o que vai ser de nós agora?

— Não sei mãe, vamos ter que ir embora do Rio urgente.

— Como você descobriu os assassinos do seu pai?

— Fui investigando daqui, dali, até que cheguei à conclusão de tinham sido eles.

— Eu já sabia.

— O que?

— Eu já sabia que era o Moreira e sua corja.

— Desde quando, mãe?

— Desde o dia em que mataram o seu pai.

— Eu não acredito, mãe, porque a senhora não me disse nada?

— Eu tive muito medo, eles me ameaçaram.

— E quando foi isso?

— No hospital, assim que eu recobrei a consciência o Moreira apareceu por lá e disse que as pessoas que mataram o Geraldo poderiam matar você e também a mim, caso eu resolvesse falar alguma coisa sobre o acontecido.

— Malditos! A única coisa que me conforta é saber que eles não farão mais mal a ninguém.

— Você não entende Fernando, precisamos sair do Rio imediatamente, uma vez o seu pai me disse que o mais perigoso nesse batalhão é o coronel Walter.

— Eu não sei ainda o que fazer mãe, não podemos simplesmente sair assim.

— Mas eu sei, tem um advogado que era muito amigo do seu pai, ele pode nos orientar, ele parece ser uma pessoa de confiança.

Lucinha ligou para o Dr. Barbosa que prontamente atendeu ao chamado indo até a casa dos Pinhos. Barbosa era um homem decidido, resolvia os problemas com rapidez e sempre tinha solução para tudo. Era ávido por dinheiro, trabalhando as vezes às margens da lei, desde que lhe rendesse um punhado de reais. Trajava sempre um terno surrado, mas de boa qualidade e parecia estar sempre cansado, talvez pelo seu sobrepeso, que era ainda mais acentuado nas suas enormes bochechas rosadas, o grosso par de óculos e os poucos cabelos na cabeça, lhe confeririam uma imagem de um senhor com cerca de sessenta anos, embora na verdade tivesse apenas quarenta e oito. No passado, frequentava muito a casa de Geraldo Pinho, mas seus métodos de trabalho foi fazendo com que Geraldo a cada dia evitasse proximidades com o advogado, cuja amizade havia começado ainda nos tempos de faculdade.

A campainha da porta tocou e Lucinha saiu para receber a ilustre visita do advogado.

— Bom dia Dr. Barbosa, queira entrar, por favor.

— Bom dia, com sua licença, dona Lúcia.

— Eu agradeço muito que o senhor tenha atendido o meu chamado.

— Ora dona Lúcia, como eu poderia recusar? Eu me sinto como se fizesse parte desta família, o Geraldo era como um irmão para mim.

— Eu sei, apesar de que nestes últimos anos a gente quase não se viu, mas sempre estamos lembrando do senhor.

— Eu tenho muitas recordações desta casa e da nossa amizade. Me lembro de quantos finais de semana passamos aqui juntos com o Geraldo.

— É...

— Oh! Me desculpe dona Lúcia, eu sinto muito por tocar nesse assunto, sei que não deve ser fácil para a senhora.

— Não tem problema.

— Mas a senhora me chamou aqui e, disse que o assunto era muito importante, do que se trata afinal?

— É um caso muito delicado, Dr. Barbosa, mas vou lhe contar tudo nos mínimos detalhes.

Lucinha discorreu sobre o acontecido, narrando os fatos desde o dia em que o seu marido foi assassinado, até aquela presente data, ao que o Dr. Barbosa pareceu ficar bastante preocupado.

— A senhora tem toda razão em estar preocupada, em questão de tempo a polícia vai chegar até o Fernando e é bem certo que irão matá-lo para se vingarem dos seus companheiros.

— Eu não posso permitir que isso aconteça, doutor, o que o senhor pode fazer pela gente?

— Eu vou pensar rápido, até no mais tardar amanhã eu trago uma solução, por enquanto fiquem dentro de casa e mantenham toda a atenção possível.

Barbosa se despediu e foi para casa pensando em uma forma estratégica para defender Fernando, caso viessem a prendê-lo. Não seria muito difícil para ele encontrar uma forma de resolver o problema de forma imediata, mas teria que agir com rapidez.

No dia seguinte, Barbosa retornou à casa dos Pinhos para apresentar uma saída para Fernando.

— Sabe dona Lúcia, eu andei pensando muito sobre o assunto e só vejo uma saída, vocês terão que desaparecer daqui para sempre.

— Como assim doutor? Explique-se melhor. — Atalhou Fernando.

— Barbosa abriu a sua maleta e retirou de dentro alguns documentos.

— Prestem atenção, eu já pensei em tudo. Esses documentos pertencem a uma família que morreu em um acidente essa semana. Eu já providenciei a substituição das fotos, assim não terão nenhum problema. Também já chequei os documentos e essas pessoas não tem nenhum problema com a justiça.

— Mas então, o senhor está sugerindo que usemos documentos falsos doutor? Isso não é crime?

— Vejam por outro lado, vocês estão correndo risco de morte, eu só estou tentando ajudar, e essa é a única forma de vocês viajarem tranquilos, com esses documentos vocês podem recomeçar a vida longe daqui.

— Meu Deus, tenho medo de que isso não dê certo e nos compliquemos mais ainda.

— Dona Lúcia, eu pensei muito sobre essa questão, mesmo que eu conseguisse defender o seu filho de uma eventual acusação, quem poderia defendê-lo dos comparsas dos policiais mortos?

— E o que teremos de fazer? — Perguntou Fernando.

— Vocês me entreguem todos os documentos antigos para eu destruir, decorem os novos nomes a partir de agora e partam o mais rápido possível.

— Mas, e a nossa casa, nossos veículos e móveis, como vão ficar? Tínhamos que desfazer deles primeiro.

— Não se preocupem, eu me encarrego de tudo dona Lucinha, já preparei uma procuração com amplos poderes, dessa forma poderei vender todos os bens e assim que vocês se instalarem em algum lugar entrem em contato no número que eu vou passar pra vocês, para eu mandar o dinheiro das vendas, assim vocês poderão comprar outra casa bem como carros e o que mais necessitarem.

Lucinha foi ao banco e sacou todo o dinheiro que possuía em conta, e para não levantar nenhuma suspeita resolveram viajar de ônibus. No terminal rodoviário os seus documentos foram usados pela primeira vez para a compra das passagens em nome de Diogo Francisco de Braga Ramos e Maria Rita de Braga Ramos. Alguns instantes depois, estavam a caminho do interior de Minas Gerais, sem que houvesse nenhuma complicação.

Pequerí era uma pequena cidade no interior de Minas Gerais, com pouco mais de 3.000 habitantes, um lugar muito pacato.

Assim que o ônibus encostou na improvisada plataforma de embarque da rodoviária, Lúcia percebeu que o lugar era muito diferente daquela agitação do Rio de Janeiro, a sensação era indescritível, não sabia ainda se aquilo era bom ou ruim, tudo que sabia é que a sua vida não seria mais a mesma, tal qual o documento que usava, se sentia uma outra pessoa totalmente deslocada, perdida em si mesma.

As bagagens foram retiradas do ônibus pelo comissário que conferiu os *tickets* e em seguida entregou-os a Lúcia e Nando juntamente com a bagagem.

Fernando deixou a sua mãe cuidando da bagagem e foi buscar um táxi para que os levasse a algum local. Encontrou logo a frente um táxi, cujo motorista dormia no interior com a porta aberta.

— Olá, companheiro.

— Oi, pois não?

— Pode me levar a algum hotel?

— Uai, o hotel é bem aí, não carece de ir de táxi não.

— É perto assim? É que estamos com bagagens.

— Olha lá a placa moço, quer mesmo um taxi para ir ali?

— Ah desculpe, realmente é bem perto, muito obrigado, e desculpe ter lhe acordado.

— Tem problema não moço.

Fernando e Lúcia apanharam as bagagens e seguiram para o pequeno hotel onde puderam passar aquela noite.

CAPÍTULO 5

PRINCÍPIO DE UMA NOVA VIDA

Pela manhã, Fernando deu umas voltas pela cidade procurando uma casa que pudesse alugar, era só por um tempo, só até o dinheiro da venda da casa no Rio de Janeiro chegar, então compraria uma bela casa onde pudessem viver tranquilamente.

Eram casas simples, sem nenhum luxo e a maior parte das ruas era de terra avermelhada sem pavimentação, mas qualquer lugar serviria, afinal não tinham muito dinheiro e seria por pouco tempo.

Os moradores se mostravam curiosos com o novo cidadão que circulava por ali. Em uma cidadela onde todos se conhecem, alguém que venha de fora é imediatamente notado.

Fernando procurava não chamar muita atenção, mas era inevitável já que até o seu sotaque carioca o traía.

Os mineiros daquela região eram receosos com estranhos, apesar de serem extremamente prestativos e atenciosos.

Um pouco mais tarde, Fernando conseguiu uma casa no final da rua Lino Granato, a proprietária era uma senhora viúva, que ficou muito contente de que aparecesse alguém para lhe alugar a casa, que estava fechada já a algum tempo por falta de inquilinos. O preço também não era alto já que se tratava de uma casa simples e pequena, apenas o suficiente para Lúcia e Fernando passar algum tempo.

Resolvido o problema do aluguel, Fernando foi até uma pequena loja de móveis na cidade e comprou algumas coisas para a casa, afinal precisavam de um mínimo de conforto, e só depois que tudo estava no seu devido lugar é que buscou dona Lúcia para que ela pudesse conhecer a sua nova morada.

— Espero que goste mãe, é bem pequena, mas é só por uns tempos.

— Não se preocupe filho, eu já estou até gostando do lugar.

— É, não se parece em nada com o Rio, mas acho que logo nos acostumaremos com essa calmaria. Quando o Dr. Barbosa nos mandar o dinheiro poderemos comprar uma casa por aqui mesmo.

— Sim é verdade, mas não se preocupe com isso agora filho.

E assim, alguns meses se passaram sem nenhuma novidade, contrastando com a vida daquela pacata cidade em que uma rinha de galos de briga era a única diversão dos pequerinenses nos finais de semana.

Aguardavam, no entanto, alguma notícia do Dr. Barbosa, mas apesar das inúmeras tentativas de contato pelo telefone fornecido, já havia um claro sinal de frustação no olhar de dona Lucinha. Os gastos com as pequenas despesas iam se tornando a cada dia mais difícil, uma vez que o dinheiro que dona Lucinha havia retirado do banco já estava chegando aos últimos reais e logo não teriam condições nem mesmo de pagar o aluguel da pequena casa em que moravam.

Fernando não viu outra saída senão sair pela vila à procura de um trabalho que pudesse lhe dar condições de se sustentar. Nessa procura, ele foi informado de que havia uma empresa de mineração na cidade e era bem possível que houvesse emprego por lá.

A informação estava correta e Fernando conseguiu uma vaga de segurança na empresa, o salário não era lá essas coisas, mas seria o suficiente para ele e sua mãe se manterem naquela pequena cidade.

Depois de quase três anos de espera por algum sinal de vida do Dr. Barbosa, Lucinha e Fernando já tinham praticamente certeza de que alguma coisa havia saído errada. Possivelmente a polícia teria descoberto o negócio e a esse tempo, talvez o pobre do Dr. Barbosa já teria sido preso, ou ainda pior, talvez não tivesse revelado nada sobre a fuga de Fernando e por essa razão os comparsas dos policiais mortos teriam dado cabo na vida do advogado. Nesse caso seria muito azar para todos eles. Tinham convicção de que Barbosa resistiria até a morte se fosse preciso, mas não iria denunciar a fuga de Fernando, caso contrário, já teriam descoberto o paradeiro do filho do corregedor, já que o advogado era o único a conhecer o esconderijo dele.

Tanto Fernando quanto Lucinha, temiam muito ter que voltar ao Rio, seria uma ação muito arriscada. Não fosse o alto valor correspondente aos bens que possuíam na cidade maravilhosa e eles certamente jamais colocariam os seus pés no Rio novamente. Poderiam viver pelo resto da vida em pleno anonimato na pequena cidade de Pequeri.

Um preço para a liberdade, por Daniel Genuino

CAPÍTULO 6

O TRÁGICO RETORNO

Fernando depois de muito pensar e pesar as consequências, resolveu que teria que voltar ao Rio, ainda que isso lhe custasse a vida, precisava saber o que de fato havia acontecido com o advogado, não poderia dar prosseguimento na sua vida sem encerrar esse capítulo.

— Não sei não, meu filho, eu tenho muito medo do que pode acontecer com você se for lá. — Disse Lucinha ao tomar conhecimento dos seus planos.

— Eu já pensei nos riscos mãe, mas tomarei todo cuidado, ficarei lá só o tempo necessário para resolver esse assunto com o Dr. Barbosa, ele precisa nos dar uma explicação.

— Nesse caso eu vou com você, eu não posso ficar aqui nesse fim de mundo sem saber o que está acontecendo com você por lá.

— Não mãe, a senhora vai ficar aqui cuidando da casa até eu voltar, não posso levar a senhora comigo.

— De jeito algum, além do mais, não tenho casa nenhuma aqui para cuidar, a única coisa que eu tenho nesse momento é você e eu não vou te deixar ir sozinho de maneira alguma.

— Está bem, mas a senhora não se esqueça de que não se chama mais Lúcia, seu nome agora é Maria Rita, e o meu nome é Diogo, não pode esquecer disso mãe.

— Eu sei, seu bobo.

— Sabe, mas vez ou outra a senhora me chama de Nando.

— Eu vou te chamar só de Diogo daqui para frente, combinado?

Assim, Fernando e Lúcia deixaram Pequeri no interior de Minas Gerais e partiram novamente para o Rio de Janeiro, na esperança de poder resolver a questão deixada sob os cuidados do Dr. Barbosa.

A maior parte do trajeto ocorreu sem nenhuma novidade, Fernando tomou emprestado o veículo de um amigo que conheceu na empresa e aproveitou as suas férias para ir ao Rio de Janeiro. Tudo corria como o planejado.

Assim que cruzou a divisa do estado de Minas Gerais, adentrando ao Rio de Janeiro, Fernando se deparou com uma blitz da polícia rodoviária nesse trecho da estrada. A princípio não se preocupou muito, afinal já tinha sido parado diversas vezes sem nenhum problema. Havia um fila enorme de veículos aguardando a abordagem, mas Fernando estava muito calmo, ia dar tudo certo.

Alguns minutos de espera e finalmente um policial se aproximou do veículo.

— Boa tarde, estamos fazendo uma fiscalização de rotina, o senhor está vindo de onde?

— Estou vindo de Pequeri.

— Pequeri? Onde fica isso? — Indagou o policial.

— Fica no interior de Minas.

— Certo, a documentação do senhor e do veículo por favor.

— Aqui está — disse Nando estendendo a mão com os documentos solicitados.

— Quem é José Pereira? — Perguntou o policial conferindo a documentação do veículo.

— É o proprietário do veículo.

— O senhor comprou recentemente esse carro?

— Não, esse carro não é meu! Eu tomei emprestado.

— Tem uma autorização do proprietário para sair do estado?

— Não, não tenho.

— Pois deveria ter! Quem me garante que você não pegou esse veículo sem a devida autorização do proprietário?

Fernando não deu nenhuma resposta, sabia que quanto mais se fala, mais se complica, o melhor é ficar em silêncio.

O policial se afastou com os documentos em direção a uma mesa onde outro policial estava sentado à frente de um computador fazendo as checagens.

Fernando nesse momento começou a ter calafrios.

— Mãe!

— O que é filho?

— Estão demorando muito, isso não é um procedimento normal.

— Tenha calma, vai dar tudo certo.

— Não sei não, estou com um mal pressentimento.

— Não há de ser nada, fique sossegado.

— E tudo por causa da autorização do veículo, eu me esqueci desse detalhe.

O policial retornou até o carro e se dirigiu a Fernando.

— Moço, tem certeza de que aqueles documentos são seus?

— Claro que tenho, por que?

— Tem alguma coisa muito estranha, o senhor perdeu os seus documentos recentemente?

— Perdi sim.

— Há quanto tempo?

— Creio que há uns três anos, mas o que está errado com os meus documentos?

— Estamos fazendo uma checagem mais fina, mas o senhor consta como morto no sistema.

— Morto? Mas eu estou vivo aqui.

— Eu estou vendo, mas o senhor aguarde mais um pouco enquanto checamos tudo direitinho.

— Tudo bem.

— E essa senhora no banco do passageiro, é parente do senhor?

— É minha mãe.

— Boa tarde senhora, pode me dizer o seu nome?

— Maria Rita.

— Maria Rita de que?

Nesse momento Lúcia vacilou um pouco, estava nervosa e não conseguia se lembrar do restante do nome.

— De... de... Pinho.

— Certo — disse o policial anotando o nome e se afastando em direção à mesa.

— Mãe, agora a casa caiu, a senhora esqueceu o nome que está no documento.

— Eu me atrapalhei, fiquei nervosa, mas acho que ele nem vai notar.

— Mãe, agora já era, estou ferrado, é melhor eu tentar uma fuga agora.

— Não faça nenhuma besteira, vamos esperar.

— Eu é que não vou ficar aqui esperando para ver o que acontece.

Fernando olhou para a sua direita, havia uma mata a uns vinte metros, apenas uma cerca de arame servia de obstáculo para ultrapassar, mas aquilo era besteira para um pqd. Com cuidado para não chamar a atenção dos policiais, abriu a porta do lado direito e foi saindo de fininho, tinha que dar certo, não podia ser apanhado agora. Ia se afastando com muita cautela, quase completamente agachado, seu coração estava acelerado, era muita adrenalina. Já estava na metade do percurso quando um motorista que estava em um veículo à retaguarda vendo-o se evadir do local e julgando que fosse algum bandido, sinalizou para os policiais apontando o dedo na direção do fugitivo.

Houve uma agitação no grupo de policiais, que correram em direção a Fernando, ordenando que o mesmo parasse.

— Ei! Você aí! Fique parado onde está.

Mas Fernando ao ver sua fuga descoberta, saiu em desabalada carreira, precisava alcançar a cerca que o separava da liberdade, não podia ir para a cadeia, se conseguisse alcançar a mata, tinha certeza de que ninguém o pegaria. Finalmente alcançou a cerca, mas ao tentar transpô-la suas roupas se prenderam nas farpas do arame e ao tentar se desprender, sua pistola caiu no chão. Foi no momento em que tentou apanhá-la que um dos policiais percebeu que ele estava de posse de uma arma.

— Cuidado, ele está armado!

Logo em seguida já se ouviu um disparo que foi seguido de muitos outros. Fernando sentiu algo queimar em suas costas, enquanto a sua respiração se tornou dificultosa. Conseguiu se desprender e passar para o outro lado da cerca, não sabe como, mas não tinha forças para correr, tudo parecia estar girando. Virou-se para ver se os policiais estavam no seu encalço e sentiu mais uma vez aquele estranho impacto seguido de uma dor que lhe queimou as entranhas de forma tão violenta que nem sentiu o próximo impacto lhe cortar o couro cabeludo da testa.

Do interior do veículo no alto da estrada, uma mãe desesperada e aflita assistia o triste episódio que a deixava com uma profunda angústia na alma e o coração rasgado de dor. Pensava consigo que aquilo devia ser a pior cena que uma mãe podia assistir e lembrou-se de Jesus na sua crucificação, quando a sua mãe assistiu àquele terrível espetáculo.

— Por favor, meu Deus, não permita que matem o meu filho dessa maneira. — Implorou ela.

Viu quando ele sucumbiu diante da artilharia dos policiais e ficou inerte no solo. Era o fim da fuga. De nada adiantou fugir para longe, haviam voltado ao mesmo lugar.

CAPÍTULO 7

UMA MULHER DE FIBRA

Lucinha foi levada à delegacia para prestar esclarecimentos, e após todo o trâmite de praxe, foi liberada para responder ao processo em liberdade. Em sua defesa, Lucinha alegou ter usado os documentos falsos para se proteger dos bandidos que mataram o seu marido.

— Dona Lúcia, isso é falsidade ideológica, é crime.

— Eu sei doutor, mas eu estava sendo ameaçada de morte pelos canalhas que mataram o meu marido.

— Compreendo, mas a senhora deveria ter procurado a polícia para fazer uma queixa, no entanto, a senhora não o fez.

— Me responda delegado, como eu poderia fazer isso, se os assassinos do meu marido era a própria polícia?

— Ainda assim, a senhora não pode partir do princípio de que todos os policiais são bandidos.

— E como saber, delegado? Me explique, porque os bandidos que mataram o meu marido eram pessoas da confiança dele, meu Deus, eles comiam nas minhas panelas, me diga por favor, em quem eu deveria confiar depois disso?

— Bom, isso é o que a senhora acha, certamente não tem como provar que os autores do crime eram esses policiais.

— Ora, ora, delegado, eu trago comigo as cicatrizes das balas que me atingiram, eu reconheci a voz de um deles pouco antes de nos alvejarem, eu fui ameaçada ainda no hospital por um dos assassinos e o senhor vem me falar de provas?

— Olhe, eu compreendo a senhora, conheci o coronel e lamento muito pela morte dele, mas quero que a senhora compreenda o meu papel, a senhora deu cobertura a um fugitivo, usou documentos falsos e isso tudo é muito grave, mas levando em consideração as circunstâncias em que esses delitos ocorreram, eu farei de tudo para ajudá-la, pode contar comigo.

— Eu agradeço doutor. E quanto ao meu filho, o que vai acontecer com ele?

— Seu filho ainda está em coma induzido e é muito cedo para se falar em qualquer coisa, mas se ele escapar com vida, será levado para a prisão e ficará à disposição da justiça. Eu sinto muito, dona Lucinha.

Lucinha deixou informado o nome do hotel em que ficaria hospedada e em seguida tomou um táxi e foi à procura do Dr. Barbosa, havia ido à casa dele algumas vezes na companhia do seu finado marido, mas se lembrava perfeitamente do endereço. O doutor Barbosa era a única pessoa que poderia ajudá-la a sair de toda essa confusão.

Assim que chegou ao local, Lucinha pediu ao motorista que a aguardasse por algum tempo e se dirigiu a uma casa modesta com um enorme e alto muro. Tocou o interfone e logo saiu uma secretária que a atendeu gentilmente.

— Bom dia senhora, em que posso ajudá-la?

— Eu sou amiga e cliente do Dr. Barbosa e preciso muito falar com ele.

— O Dr. Barbosa? Ele não mora mais aqui.

— E você sabe me informar para onde ele se mudou?

— Então, senhora, o Dr. Barbosa morreu há quase três anos atrás.

— Como assim? O que houve com ele?

— Parece-me que houve um assalto na residência e os ladrões depois de roubar todo o seu dinheiro, matou a ele e a esposa aqui mesmo nessa casa.

— Meu Deus, que horrível! Pobre do Dr. Barbosa, por isso eu não conseguia falar com ele.

— É, foi algo bem terrível.

— Você já trabalhava nesta casa?

— Não, eu só vim trabalhar aqui depois que o outro senhor adquiriu a propriedade, mas eu ouvi dos vizinhos.

— Meu Deus, e agora?

— O que foi, a senhora é parente dele?

— Não, só amiga.

— Ah, é verdade, a senhora já havia dito.

— Bem, eu agradeço pela sua gentileza em me atender.

— Não foi nada.

Lucinha se despediu da moça e voltou para o táxi que estava esperando, pediu ao motorista para seguir direto para o Olaria, sua antiga casa.

Ao ver sua casa, seu coração apertou. Muitas lembranças vieram à sua memória mexendo com o seu emocional. Tinha ainda a esperança de que talvez a casa não tivesse sido vendida e poderia reavê-la. Tocou a campainha e um senhor aparentando uns cinquenta anos saiu para atendê-la.

— Pois não senhora?

— Bom dia, eu sou a antiga proprietária dessa casa, sou a esposa do falecido coronel Geraldo.

— Não, não pode ser, a antiga proprietária dessa casa morreu a alguns anos atrás em um acidente.

— Não, eu não estou morta, mas isso é uma longa história.

— Certo, mas o que a senhora deseja?

— Bem, primeiro eu gostaria que o senhor me dissesse o seguinte, compraste esta casa ou está alugando?

— Porque a senhora não entra um pouco e podemos conversar melhor.

Já no interior da casa o senhor respondeu à pergunta de dona Lucinha.

— Sim, respondendo à pergunta que a senhora me fez, eu comprei esta casa.

— E o senhor pode me dizer quem era o vendedor? Por acaso se lembra?

— Claro que sim, como eu poderia me esquecer? Eu comprei-a de um advogado, se não me falha a memória, seu nome era Barbosa, tinha uma procuração assinada pela senhora dando amplos poderes a ele, confere?

— Sim, eu dei a ele uma procuração para que pudesse vender meus bens.

— Pois foi assim que o negócio ocorreu, tudo dentro das formalidades da lei.

— E o senhor sabe o que aconteceu depois disso?

— Parece-me que ele comentou alguma coisa sobre o motivo que levou a senhora a ir embora, por isso, ele me pediu que fizesse o pagamento em espécie, pois ele mesmo iria levar esse dinheiro pessoalmente até a senhora.

— E o senhor pagou, eu suponho.

— Sim, eu tenho aqui um recibo assinado por ele, não foi muito fácil para retirar meio milhão de reais em espécie do banco, mas diante da insistência do Dr. Barbosa, tive que fazê-lo pois eu queria muito comprar essa casa.

— E depois?

— Depois eu soube que ele viajou para o estado vizinho para levar o dinheiro, mas...

— Mas o que?

— Ele voltou alguns dias depois, dizendo que a senhora havia morrido e não conseguiu localizar o seu filho, e que a esta altura, deveria estar longe daqui ou quiçá morto também.

— Isso é muito estranho, ele era a única pessoa que sabia onde estávamos, chegou de fazer contato conosco assim que chegamos em Minas Gerais e depois simplesmente desapareceu, nunca apareceu por lá.

— É realmente estranho.

— Eu soube que ele morreu, foi muito tempo depois de vender a casa ao senhor?

— Não, foi tudo muito rápido. Logo que ele retornou da viagem, devem ter se passado no máximo uns dez dias até a tragédia.

— Eu ouvi dizer que foi horrível.

— E foi. Contaram todos os detalhes para a senhora?

— Não, o senhor sabe me contar como foi?

— Depois de roubar todos os valores que o advogado possuía em casa, os bandidos mataram os dois, cortaram os corpos em pedaços e depois queimaram-nos dentro do próprio veículo do advogado.

— Deus! Que fim horrível.

— Eu lamento muito por tudo que houve, se tiver alguma coisa que eu possa fazer pela senhora, estou à disposição.

— Eu não sei o que fazer agora, de repente, eu nem existo mais. Há momentos em que penso que tudo isso é só um sonho e que vou acordar a qualquer momento.

— Sinceramente eu espero que tudo termine bem para a senhora, e como já disse, se precisar de alguma coisa, pode me procurar.

Lúcia sentia que não havia mais chão debaixo dos seus pés, estava de volta ao Rio, mas não tinha mais uma vida ali, ela não mais existia, toda a sua vida que um dia havia sido cheia de riqueza e orgulho tinha ficado no passado, nem a pensão do falecido coronel ela podia recorrer. A morte do Dr. Barbosa foi um golpe muito duro para ela. Foi realmente muito azar que ele tivesse sofrido esse latrocínio exatamente quando estava com o dinheiro da casa nas mãos. Agora Lúcia não sabia o que ia ser da sua vida e do seu filho, pois não tinha dinheiro para pagar um hotel quem dirá para pagar um advogado para tirar o seu filho dessa enrascada.

Pensando nisso, Lucinha se lembrou de algumas madames que frequentavam a sua casa e que certamente não negariam apoio a ela agora que estava nessa situação, assim, começou pela residência mais próxima e uma a uma as suas amigas a ignoraram completamente, dizendo que não queriam se envolver com alguém que estivesse com problemas com a polícia, ou que a dona Lúcia que elas conheceram estava morta, outras se negaram a atendê-la, enfim, não houve uma só pessoa daquelas que pertenciam ao seu círculo que se movesse para ajudá-la no momento da necessidade. Lúcia foi marginalizada por elas como uma criminosa que podia colocar suas vidas em perigo. Ela se sentiu tão humilhada que perdeu até o ânimo de viver.

Um preço para a liberdade, por Daniel Genuino

CAPÍTULO 8

O INFERNO

Fernando abriu os olhos finalmente, a cabeça ainda estava muito confusa, aos poucos foi se lembrando dos eventos que antecederam a sua entrada no hospital. Tentou se mover, mas só então notou que o seu braço estava preso à cama por uma algema. Pensou que tudo aquilo talvez não passasse de um sonho, mas a cada minuto que se passava a realidade ia ficando cada vez mais clara. Percebeu em certo momento que a porta do quarto se moveu e logo surgiu um homem com jaleco branco que foi em sua direção.

— Ora, ora, parece que o nosso paciente misterioso já se despertou.

— Onde estou?

— Calma que eu vou te colocar a par de todas as informações que eu disponho no momento. Eu sou o Dr. Moisés, sou cirurgião, fui eu quem operou você. A sua situação é um pouco delicada ainda, você foi atingido por três disparos; um dos projéteis fraturou a sua espádua direita e se alojou junto à coluna, esse não foi possível remover por causa do risco; o outro foi um pouco mais grave, perfurou a sua bexiga, estourou o seu rim esquerdo, que teve que ser removido totalmente, mas o projétil saiu pelo lado direito do tórax; o último, graças a Deus foi apenas superficial, cortando o couro cabeludo, um pouco mais abaixo e você não teria nenhuma chance.

— Eu vou ficar bem doutor?

— Claro que sim, vai ficar muito bem, é lógico que não vai ser mais a mesma coisa, você vai ter que tomar alguns medicamentos o resto de sua vida, mas poderá ter uma vida normal.

— E essas algemas no meu braço?

— Essa é uma outra informação que eu tenho que te passar, você será removido ainda hoje para um hospital penitenciário, tenho recomendações para te encaminhar para lá assim que você acordasse.

— Não doutor! Por favor, não deixe que me levem, se eu for para lá eu estarei morto.

— Infelizmente, meu rapaz, eu não posso fazer mais nada por você, o que eu tinha de fazer eu já fiz.

— Não diga isso doutor, o senhor pode sim, lembre-se, prestou um juramento de salvar vidas.

— Você é um prisioneiro, está fora da minha alçada.

— Nada disso doutor, sou seu paciente, se ia me deixar morrer porque salvou a minha vida? Foi uma perda de tempo, além disso, eu posso ser suspeito, mas não fui julgado ainda para ser tratado como bandido.

— Mas o que você quer que eu faça?

— O senhor é o médico, diga que eu não tenho condições de ser removido, por favor doutor, faça isso por mim, eu não sou um criminoso, eu errei, mas quem é que não erra nessa vida? Eu agi em um momento de ira, eles assassinaram o meu pai covardemente dentro de casa.

— Está bem, eu vou ver o que posso fazer, mas não posso te prometer nada, não depende só de mim.

— Está certo doutor, mas pelo menos tente, por favor.

— Não se iluda muito rapaz, mais cedo ou mais tarde virão te buscar e então ninguém vai poder impedir.

— Eu sei doutor, só não posso ir assim fraco como estou, seria muito fácil para eles acabarem comigo.

— Tudo bem, agora procure descansar para se recuperar melhor.

O Dr. Moisés era um homem muito influente e conseguiu manter Fernando no hospital por alguns dias até que se recuperasse completamente, mas Fernando sabia que ainda teria uma dura realidade para enfrentar quando estivesse em condições.

Passados alguns dias, seu estado de saúde havia melhorado muito e recebeu alta do hospital sendo imediatamente encaminhado para uma cadeia provisória onde iria aguardar pelo julgamento.

Levado a júri popular, Fernando que a essa hora já tinha ganhado o apelido de pqd, foi condenado a 160 anos de prisão pela morte de quatro policiais militares. Após a sua condenação, foi remanejado para o complexo penitenciário de detenção, onde conheceu o inferno.

A chegada de pqd no pavilhão já causou um certo reboliço no interior das celas, houve um grande tumulto que precisou da intervenção dos guardas. Por algum tempo os ânimos se acalmaram, mas quando Fernando entrou na cela a confusão reiniciou, isso porque os presos estavam divididos, alguns eram simpatizantes de pqd, enquanto outros eram contra, já que este era filho de um policial que havia mandado muitos deles para a cadeia durante as operações nas comunidades, enquanto estava na ativa. Fernando estava no centro de duas situações, por um lado era um filho de policial, por outro, era um assassino de policiais, por isso os presos se dividiam em suas opiniões.

Houve um enorme quebra-quebra na cela e mais uma vez os guardas tiveram que intervir para que não se matassem.

Finalmente, pqd e alguns outros presos tiveram que ser remanejados para outra cela para que a situação ficasse um pouco mais calma.

— Aí pqd, você acabou de chegar e já está dando trabalho? — Disse um dos guardas.

— Se continuar assim, não vai viver muito tempo por aqui, não que eu me importe com isso — disse outro.

— É, assassino de policial tem mais é que morrer — disse o primeiro guarda.

Na nova cela, Fernando procurou um canto onde pudesse se sentar, estava como uma fera, ferida e acuada, olhava assustado para os rostos hostis que o encaravam, pensou que talvez aquele fosse o pior lugar em que um ser humano pudesse chegar arrastado por seus abismos, tudo era sujo e fedia a suor, urina e roupa suja, uma realidade que ele desconhecia, um lugar onde os homens se tornam completamente selvagens. Ninguém parecia se importar uns com os outros, era a lei do mais forte, da sobrevivência, onde é preciso lutar com todas as armas para se manter vivo. Estava certo de que Deus não frequentava aquele ambiente, esquecido pelos que pensam estar livres no mundo exterior.

Presos doentes, vivendo em más condições de higiene, a superlotação das celas, que tornava a vida dos presos um verdadeiro inferno, falta de atividades para os encarcerados, somado a isso, a falta de controle por parte dos funcionários permitia todo tipo de ilicitude, como entrada de aparelhos celulares, armas e drogas, o que permitia que crime organizado continuasse a operar mesmo dentro do presídio, comandando assaltos a bancos e carros e fortes do lado de fora do presídio, bem como muitos assassinatos, eram planejados dentro do presídio e executado do lado de fora, era como se o sistema tivesse perdido a guerra e não soubesse mais o que fazer com os presos, e então foram permitindo que os próprios presos comandassem a penitenciária tornando-a um antro de crimes e barbaridades financiados pelo dinheiro público.

Fernando se sentiu parte daquele lixo, que é descartado pela sociedade e jogado naquele lugar para mofar e deteriorar, mas tal qual os elementos que a natureza não consegue digerir por causa da sua dureza e acaba sendo lançado de volta àqueles que o descartaram, assim são os indivíduos que adentram ao sistema carcerário e sobrevivem, na maioria das vezes, se tornam ainda piores que antes, moldados e adaptados a um ambiente desumano e cruel, também conhecido como a melhor faculdade do crime de todos os tempos.

Um preço para a liberdade, por Daniel Genuino

CAPÍTULO 9

A GENEROSIDADE É A MAIOR RIQUEZA

Enquanto Fernando ia se adaptando à vida carcerária, dona Lucinha, sua mãe, lutava para sobreviver do lado de fora, mas as coisas não iam nada bem para ela. Embora tenha sido absolvida da acusação de falsidade ideológica, não conseguiu o direito pela pensão do falecido marido, teria que lutar por isso na justiça, mas não tinha dinheiro para custear um advogado. Da última vez que visitou Fernando na prisão, ele insistiu para que ela voltasse para Pequeri em Minas e ficasse em casa, mas ela sabia que sem dinheiro para pagar o aluguel logo seria despejada, além do fato de que ia ficar muito mais difícil para ela visitá-lo na prisão, por isso, preferiu ficar no Rio de Janeiro. Sem dinheiro e sem ajuda de ninguém, Lucinha começou a passar o dia sentada em um banco de uma praça não muito distante da penitenciária, havia chegado ao fundo do poço.

Estava certo dia toda suja, os cabelos despenteados feito uma louca, quando alguém a reconheceu.

— Dona Lucinha? Meu Deus, será que é a senhora mesma?

Lucinha levantou o olhar lentamente, estava fraca, desolada e havia muita tristeza em seus olhos. Não estava mais disposta a lutar contra o destino, só queria dormir e nunca mais acordar.

— Não está me reconhecendo, mulher? Sou a Solange, que trabalhou na casa da senhora.

Solange era uma diarista que há um bom tempo trabalhou na casa de dona Lucinha, mas o coronel era muito desconfiado e por influência das amigas, Lucinha havia dispensado Solange pelo fato de ela ser da comunidade, embora não tenha dito isso a ela para não a constranger. Agora ela estava ali na sua frente vendo-a naquela situação horrível e deprimente. Lucia encarou-a por algum tempo, enquanto todos esses pensamentos passavam como um filme pela sua memória, em seguida baixou a cabeça novamente e desatou a chorar.

Solange estava com algumas sacolas nas mãos, depositou-as no chão e imediatamente abraçou Lucinha acariciando as suas costas e tentando dar-lhe algum consolo.

— Calma dona Lucinha, por favor, não chore, tudo vai ficar bem.

— Minha vida acabou filha, minha vida acabou.

— Não, de jeito nenhum, não diga isso, olhe, venha comigo, depois a senhora me conta tudo que está acontecendo, mas agora levante-se daí e venha comigo.

Solange levou Lucinha consigo para o seu barraco na comunidade do Alemão, e depois de improvisar um bom banho, lhe emprestou algumas roupas para que ela pudesse se trocar. Em seguida fez com que ela comesse alguma coisa e dormisse um pouco para recuperar as energias.

No dia seguinte, Lucinha já estava com uma aparência bem melhor e pôde colocar Solange a par de tudo que lhe havia ocorrido nos últimos anos.

— Meu Deus, mas o que a senhora está me dizendo? Eu não posso acreditar nisso, é muito coisa.

— Pois é, mas é tudo verdade. Entende agora porque eu digo que a minha vida acabou?

— Nada disso mulher, eu já disse que ainda não é o fim, quem tem a última palavra para nós é só Deus, ele é o único que pode nos dizer quando acabou.

— Eu não tenho nem onde ficar para ajudar o meu filho, não sei o que vou fazer daqui para frente, talvez eu precise mesmo de um milagre.

— Quanto a isso não se preocupe, olhe, o meu barraco é pobre mas se a senhora não se importar, pode ficar aqui o tempo que precisar, tem uma cama mesmo sobrando e eu estou precisando de companhia.

— Obrigada minha filha, eu nem sei o que dizer — disse Lucinha com os olhos cheios de lágrimas.

— Bobagem mulher, vai dar tudo certo, você vai ver.

Foi ali naquele barraco humilde que Lucinha conheceu a dona Isaura, uma mulher cheia de disposição que Lucia passou a admirar. Irmã Isaura, como era conhecida, era aquele tipo de pessoa que não tem tempo ruim, está sempre pronta para socorrer alguém que necessite de uma ajuda, fosse uma palavra de ânimo ou que alguém passando por alguma necessidade, lá estava a Irmã Isaura.

Ao tomar conhecimento da história de Lucinha ela se emocionou muito, e com os olhos lacrimejando disse:

— Fique tranquila minha filha, Deus tem as suas formas de agir, tudo que está acontecendo é por alguma razão maior.

Isaura passou a fazer visitas constantemente a dona Lucinha, de forma que se tornaram grandes amigas. E não ficou só na amizade, dona Isaura falou muito de Jesus para Lucinha e ela acabou se convertendo também.

Isaura costumava sempre subir o morro de madrugada para fazer as suas orações lá no alto e naquele dia resolveu convidar Lucinha.

— Olhe, eu estou indo até o alto do morro falar com Deus, porque você não vem comigo? Vai ser muito bom pra você.

— Eu não sei...

— Vamos sim, você está precisando.

Lucinha acabou cedendo ao convite e seguiu Isaura pelos becos entre os casebres. Era impressionante como ela conhecia e era conhecida de todos na comunidade.

— Veja Lucinha, as pessoas pensam que na comunidade só tem traficantes, mas olhe só quantas pessoas de bem, quantas famílias boas que residem aqui.

— É verdade, eu mesma tinha um outro conceito sobre os moradores daqui, agora vejo que tudo não passava de preconceito bobo.

— As pessoas julgam sem conhecer de fato o que estão julgando.

— É verdade. Sabe, eu admiro a senhora, se esforça tanto para compartilhar a sua sabedoria com os homens, porque a senhora faz isso? Isso parece tomar todo o seu tempo.

— Oh Lucinha, eu preciso fazer isso, eu tenho um amor muito grande pelas almas.

— Não teme pela tua vida? Eles podem te matar, as pessoas não estão preocupadas com a alma, querem aproveitar a vida.

— Eu sei, mas sou uma incendiária, Deus me encheu de fogo para incendiar os corações das pessoas.

Em certo ponto no alto do morro elas teriam que passar por um dos vigias do tráfico, mas isso não intimidava dona Isaura.

— Aê, pode parar por aí mesmo tiazinhas, aonde as senhoras pensam que estão indo? — Disse o vigia se levantando e caminhando em direção às duas mulheres, portando a tiracolo um fuzil.

— Acaso você é novo aqui? Porque todos aqui me conhecem e sabem que sempre vou ao alto do morro.

— Certo, mas essa outra tiazinha aí eu nunca a vi por aqui.

— Ela é gente boa, está morando com a Sô.

— Está certo, mas não fiquem dando mole por aí não, quem anda de madrugada pode ser confundido com ladrão e levar a pior.

— Pode ficar tranquilo, nada vai nos acontecer, afinal estamos indo falar com Deus — Dizendo isso as duas se despediram do vigia e saíram rindo feito duas crianças.

— Aí, é mole? — Disse o vigia consigo mesmo — Será que essas tias santas ainda não sabem que Deus está morto?

Isaura e Lúcia chegaram ao seu destino e ali com muita liberdade oravam e cantavam louvores a Deus.

— Senhor, eu sempre venho aqui pedir-te que transborde o meu cálice, para que eu possa descer e derramar sobre os homens a quem o Senhor me enviar, unge a minha cabeça com óleo, guia os meus passos por onde andar, pois sem ti eu não sou nada — dizia Isaura em sua oração.

Depois de algumas horas, as mulheres desceram fazendo o mesmo trajeto. Isaura cantarolava cheia de alegria e Lúcia parecia agora muito mais disposta. Havia desfeito aquele olhar carregado de tristeza.

Isaura ia falando de Jesus a cada trecho que percorria e as pessoas ficavam gratas pelas suas palavras de encorajamento e fé, ela parecia saber exatamente o que cada um precisava ouvir.

Estavam já se aproximando do local onde encontraram o vigia, quando ouviram vozes exaltadas de uma acalorada discussão. Em seguida, ouviu se o estampido de um tiro e logo viram o vigia da madrugada que se aproximava cambaleante e com uma enorme mancha de sangue em seu peito. O infeliz veio a cair aos pés de Isaura. Não estava morto, mas gravemente ferido. Quando recobrou os sentidos, Isaura estava ajoelhada ao seu lado.

— O que você faz aqui? Veio assistir a minha ida para o inferno? — Perguntou o vigia agonizante.

— Não, meu amigo — disse Isaura calmamente — estou aqui para impedir que o diabo arraste a sua alma para inferno.

— De que adianta? Vou morrer aqui e nada pode me livrar do inferno, eu não passo de uma besta que foi treinada para matar.

— Fizeste do crime o teu ofício e por isso sofre as consequências, mas ainda podes mudar o destino da tua alma, se crer em Jesus como salvador e resgatador da tua alma, o seu corpo pode perecer aqui, mas a tua alma viverá eternamente com Deus.

— Eu creio que ele é o meu salvador.

Após ouvir isso, Isaura fez uma rápida oração suplicando em favor do moribundo que não disse mais nenhuma palavra, apenas a sua mão se moveu procurando a mão de Isaura como que querendo agradecer.

Isaura se levantou com os olhos cheio de lágrimas, sua expressão era indescritível, algo que não era choro, nem rizo, nem alegria, nem tristeza, ou talvez fosse tudo isso junto.

— Ele já está com Deus — disse ela se levantando e encarando a multidão de curiosos.

Ninguém ousava lhe dizer nada.

— Você pode achar que é um super-homem, que nada pode te afetar, que não precisa de Deus, mas não é. Estão sendo enganados por falsos discursos, Deus é um pai amoroso e só quer o vosso bem, sem ele nós não somos nada, entendam isso.

Isaura nunca perdia uma oportunidade, estava sempre atenta a tudo a sua volta e embora não tivesse estudo, tinha uma sabedoria incrível. Certa vez, um ativista desses que circulam por aí caiu na besteira de confrontá-la.

— Como você pode acreditar em alguém que talvez nem existiu — dizia o ativista — prove para mim que esse seu Jesus existiu.

— Então, o senhor fala sempre nesses tais filósofos aí como o tal do Platão, Sócrates, Aristóteles, o senhor acredita que eles realmente existiram?

— Claro que sim! Eu não tenho nenhuma dúvida disso.

— Pois eu não acredito.

— Absurdo, todos sabem que eles existiram.

— Então me convença, prove para mim que eles existiram

— Certamente a senhora nunca leu um livro deles, não é?

— Livros? A bíblia é o livro mais lido e conhecido no mundo, se ela não serve para provar a existência de Jesus, tão pouco os seus livros servem para provar coisa alguma sobre esses tais filósofos que o senhor acredita. Assim, se o senhor não tem outra prova para me fornecer me deixe em paz.

Assim era dona Isaura, tinha sempre uma palavra para cada situação, parecia incansável.

Isaura e Lúcia retomaram o seu caminho e finalmente chegaram ao barraco de Solange. Aquele seria um dia que que dificilmente seria esquecido por Lucinha.

Solange tinha um irmão também no presídio e como era dia de visita, estava preparando alguns bolos para levar consigo para o irmão. Sabendo que o filho de Lucinha também estava no mesmo presídio convidou-a para irem juntas. Lucinha achou uma excelente ideia, uma vez que o seu filho provavelmente estaria muito preocupado sem saber onde ela poderia estar.

Um preço para a liberdade, por Daniel Genuino

CAPÍTULO 10

GANHANDO UM IRMÃO

Nando já estava convencido de que passaria o resto da sua vida naquele presídio, por isso ia a cada dia se adaptando àquele ambiente. Havia conquistado o respeito e a amizade dos demais presos e agora as coisas não estavam tão ruins quanto no princípio.

Houve um dia em que um dos presos mais perigosos e encrenqueiros da cela estava espancando um outro preso sem que houvesse nenhuma razão, e Fernando vendo a diferença desproporcional de força física entre os dois, interviu e deu uma baita surra no valentão. Isso fez com que ele ganhasse a simpatia dos demais, já que todos ali tinham medo do tal preso, que exibia com orgulho as marcas tatuadas no corpo por cada pessoa que ele matou, e eram muitas as marcas. Depois disso, o valentão amansou e passou a respeitar os outros presos, principalmente o Nando pqd.

O preso que tinha sido espancado pelo valentão, era um moço bem franzino cujo nome era Luiz, mas todos o chamavam de irmão Luiz, pelo fato de estar sempre lendo uma bíblia velha e dando conselhos aos demais presos. Luiz era sempre alegre e dizia que logo iria sair daquela cela, e que só estava ali porque tinha sido ingrato com Deus. Fernando sempre o ouvia com muita atenção, gostava dos seus conselhos.

— Você parece uma boa pessoa pqd, tem que pedir a Deus para ele te tirar daqui.

— Não irmão Luiz, você está enganado, eu não sou uma boa pessoa, e é por isso que eu estou aqui.

— Mas Deus pode mudar a sua história, assim como mudou a minha.

— Não sei não irmão, sou um assassino, dentro de mim ainda tem muita revolta, mas me conte, porque você está aqui?

— Eu? Essa é uma longa história.

— Eu acho que temos todo o tempo, não?

— Está bem, eu nunca contei isso que vou te contar, a ninguém. Eu fui criado sem pai, assim como outras muitas crianças na comunidade. Minha mãe era uma prostituta e isso me causava uma enorme revolta. Às vezes eu tinha que sair pelas ruas para conseguir comida para a minha irmãzinha, porque ela não se preocupava com a gente. Eu cresci no meio do crime, vendo os meus amigos de infância morrerem nas brigas de facções ou enfrentando a polícia, apesar de tudo isso, eu nunca me envolvi muito com essas coisas, cometi sim alguns deslizes, mas nada muito grave.

— E essa acusação de que você faz parte de um grupo que matou dois policiais durante uma troca de tiros na comunidade?

— Eu nunca participei de uma troca de tiros com ninguém.

— E como é que você ganhou essas marcas de balas que você tem no corpo?

— Bem, eu estava um dia com uns amigos no bar do Pedro, um antigo bar da comunidade, íamos sempre lá nos finais de tarde, de repente chegou uns malucos metendo bala em todo mundo, eu tenho certeza de que eram policiais, eles mataram a rapaziada que estava do lado de fora e eu fiquei praticamente morto com os balaços que meteram em mim.

— Então essas balas nem eram para você?

— Não, eu estava lá dentro, fui alvejado por acaso por balas perdidas.

— Muito azar, mas continue por favor.

— Fui levado ao hospital e os médicos não me deram muitas esperanças, disseram que se eu sobrevivesse, iria ter que ficar em uma cadeira de rodas, mas aí apareceu o meu anjo da guarda, a irmã Isaura. Ela primeiro me deu o mó sermão e depois orou por mim. Eu não levei muito a sério, mas quando foi a noite, eu vi um homem todo vestido de branco entrar no quarto, em princípio pensei que fosse o médico, mas depois percebi que algo muito maior estava acontecendo. Lembro-me que ele olhou para mim e me disse: — Luiz, eu vim te operar. A luz do quarto ficou tão intensa que eu não vi mais nada, apaguei geral. Quando eu acordei não sentia mais dor alguma, os médicos ficaram pirados, não podiam acreditar na minha recuperação daquela maneira, fizeram novos exames e ficaram ainda mais pasmados, não havia mais nenhuma bala em meu corpo.

— Foi aí que você virou crente?

— Não, não foi nesse momento. Quando eu saí do hospital, fui logo procurar a galera para comemorar a minha cura lá no bar do Pedro.

— Cara, você não existe.

— É, mas escute só o que aconteceu, eu estava lá embaladão, quando de repente quem é que aparece lá no bar para me dar outro sermão?

— Vai me dizer que foi o homem de branco?

— Não, irmão, a irmã Isaura.

— A crente que orou por você?

— Isso mesmo, a nega chegou daquele jeito, cheia de autoridade, me apontou o dedo no nariz e disse: — É assim que você agradece a Deus pelo milagre que ele operou em você Luiz?

— Pô, eu fiquei muito chateado, mas ela era uma senhora muito respeitada ali na comunidade.

— Eu daria tudo para ter visto essa cena Luiz.

— Cara, a bronca foi dura, ela me disse ainda: — Luiz, escute o que eu vou te dizer, Deus vai te colocar em uma situação muito apertada, para você aprender a ter gratidão, espere só para você ver, isso não vai demorar. — Depois que disse isso, ela se afastou tranquilamente, como se nada tivesse acontecido.

— E você não ficou com medo?

— Eu confesso que na hora senti um arrepio, mas depois procurei esquecer aquele lance e continuei me divertindo, não estava nem aí. Mas um dia, eu estava num lance com a galera da comunidade na casa de um parceiro, quando de repente os homens chegaram lá enquadrando todo mundo e trazendo para a delegacia. Eu pensei que iria me safar como sempre numa boa, mas um dos parças foi reconhecido por um policial e aí pronto, deu b.o. a casa caiu para todo mundo. Eu só estava de bobeira no lugar errado e na hora errada.

— Aí, que história mais sinistra, irmão.

— Isso não foi nada pqd, o pior foi ter que enfrentar o olhar da irmã Isaura. Sabe aquele olhar que te diz: — Eu não te avisei? — Nem precisava falar mais nada.

— Rapaz, essa irmã Isaura deve ser uma figura e tanto.

— Pode apostar, pqd. Um dia você vai conhecê-la, ela já veio me visitar umas duas vezes com a minha irmã. Mas deixa eu terminar, depois do sermão, ela me deu essa bíblia que eu tenho e me disse: — Leia esse livro sagrado com atenção, você vai ter tempo agora para ler e meditar nessas palavras. — E foi assim que eu aceitei a Cristo, permitindo que ele mudasse por completo a minha vida.

— Que demais, irmão Luiz, muito legal a sua história.

O dia de visitas movimenta o presídio, muitas famílias vêm visitar os seus presos.

Aquele seria um dia de surpresas para Fernando e Luiz. Era como se o destino estivesse unindo as histórias. Chegaram juntas para a visita, dona Lucinha, Solange e irmã Isaura. Foi uma grande emoção para todos quando perceberam que de alguma forma estavam todos ligados. Fernando se recordou de Solange que tinha sido praticamente sua babá durante o tempo em que trabalhou em sua casa, e foi uma grande surpresa saber que ela era a irmã de Luiz. Também ficou muito comovido em saber que Solange havia dado amparo para a sua mãe, afinal era o que mais estava preocupando Fernando, por saber que a sua mãe não tinha mais dinheiro e não tinha onde ficar no Rio. Mas a maior surpresa de Nando foi quando ele olhou para a dona Isaura, não seria necessário que alguém dissesse quem era ela, inclusive se recordou que já havia se cruzado com aquela senhora, porém não revelou isso a ninguém. Aquele encontro inesquecível foi um momento muito especial para todos.

CAPÍTULO 11

TUDO PELA LIBERDADE

A vida prosseguia sem muitas novidades dentro do presídio, pqd havia aprendido muito rápido a conviver naquele lugar de hostilidade, mas a sua rotina foi quebrada no dia em foi levado à presença do diretor do presídio.

Escoltado por dois carcereiros armados de escopeta calibre 12, Fernando adentrou à enorme sala do tão temido diretor, que se encontrava sentado atrás de uma mesa antiga, mas bem conservada. Era um homem com cerca de 50 anos, calvo, bastante acima do peso e possuidor de um olhar parecido com o daqueles vendedores profissionais de carros velhos, que conseguem vender até um veículo sem motor a um comprador inexperiente.

— Eu estava olhando a sua ficha pqd, você tem um excelente currículo, atirador de elite da brigada paraquedista, alvejou sozinho quatro policiais, nada mal, pena que vai passar o resto da vida em uma cela.

— Isso todo mundo já sabe diretor, mas imagino que o senhor não me chamou aqui só para me lembrar disso.

— Está vendo? Você é um sujeito muito esperto mesmo, mas o que acha de receber uma ajuda para diminuir o seu tempo aqui dentro?

— Eu já estou trabalhando em um programa que reduz a minha pena, também espero uma redução por bom comportamento.

— Não é disso que eu estou falando meu rapaz, estou falando de uma redução muito maior, que te colocará em liberdade muito antes do que você imagina.

— Isso é possível?

— Claro meu rapaz, já se esqueceu que eu sou o diretor aqui? É só você negociar comigo que logo estará livre.

— E qual seria exatamente o negócio do senhor?

O diretor encarou-o olhando bem dentro dos olhos, parecia hesitar, mas por fim continuou.

— Olhe, eu sei muito bem que tipo de pessoas eram aquelas que você matou, não valiam nada, eram o lixo da sociedade, e o mundo está cheio de pessoas assim. Você acha que eles melhoram depois que saem daqui? Não, eles se tornam ainda pior. Eu perdi um filho nas mãos de um assassino que havia deixado a prisão naquele dia, esses bandidos não têm conserto.

— E o que o senhor propõe?

— Desde aquele trágico dia, eu passei a fazer a minha própria justiça, começando pelo assassino do meu filho, a lei está corrompida, não podemos ficar assistindo todos dias, as pessoas serem massacradas por esses facínoras que vão para os presídios e se acham cheios de direito, no fim somos nós que pagamos a conta.

— Mas o que eu posso fazer? Estou preso aqui.

— Preste atenção, eu só preciso que você aceite a minha parceria, o resto é comigo, te daremos toda cobertura que você precisar.

— E o que eu ganho com isso?

— Isso garoto, é assim que eu gosto, que tal dois anos de redução por cada alvo eliminado?

— Dois, para ser justo tem que ser pelo menos dez anos por alvo.

— Cinco, e não se fala mais nisso, é minha última oferta.

— Está bem, cinco anos, eu estou dentro.

— Mas preste atenção, não pode ter erros, tem que ser um serviço bem feito, e nem pense em fugir, estará sempre vigiado, se alguma coisa der errado você morre.

— Fechado, para sair daqui eu faço qualquer coisa.

— Mais uma coisa, terá que me manter informado de tudo que acontecer no pavilhão, não se esqueça que tenho outros a meu serviço aqui.

— Não se preocupe diretor, farei como o senhor quiser.

— Só mais um aviso, não deve nem sonhar em comentar isso com ninguém, nem agora, nem nunca. Agora vá, quando eu precisar de você, eu mando te chamar.

— Certo diretor.

O diretor deu um berro e logo entrou os dois carcereiros que o conduziram de volta para a sua cela.

Passados alguns dias, o diretor pediu que Nando fosse levado até a sua sala com pretexto de fazer uma faxina.

— Podem deixá-lo aqui, quando terminar toda a faxina eu chamo alguém para levá-lo de volta à cela.

Assim que os agentes deixaram pqd a sós com o diretor, ele abriu um armário de madeira de onde retirou algumas roupas pretas e um rifle equipado com aparelho ótico.

— Troque-se depressa pqd, enquanto eu vou te colocando a par da situação. É o seguinte, esse aqui na foto vai ser a sua primeira missão, trata-se de Duque, um assassino e estuprador, já foi preso várias vezes e sempre que sai volta ao crime novamente, vou mandar levar você até um prédio abandonado próximo ao local. Seja rápido e eficiente, dispare um tiro certeiro e saia depressa do local antes que chegue a polícia ou algum curioso, meus homens estarão no local para resgatar você. Vou dar a você também esse número de telefone que deverá guardar bem e levar consigo sempre que sair, se alguma coisa der errada, ligue nesse número.

— Está bem, senhor diretor.

O diretor conduziu Nando por uma porta que dava acesso aos fundos e logo Fernando estava saindo do complexo penitenciário em um veículo descaracterizado.

Após percorrerem algumas ruas, um dos homens do diretor apontou para uma casa e disse:

— Aquela é a casa do alvo, vamos deixar você naquele prédio velho na outra quadra, terá que dar um tiro de pelo menos cem metros de distância.

— Não se preocupem, já atirei a distâncias muito maiores que essa.

Nando subiu até o terceiro andar e se posicionou em uma janela de onde podia ver perfeitamente a casa. Havia uma janela de vidro, iluminada pela luz do interior, para onde pqd apontou o seu rifle e esperou pacientemente, sempre com o olho na luneta. Sabia por experiência que esses bandidos são desconfiados, e sempre vão até a janela para conferir se está tudo seguro, e então, não perderia a oportunidade.

Fernando logo constatou que estava certo, um vulto se aproximou da janela e ele posicionou o dedo no gatilho. A janela abriu apenas uma pequena fresta e um rosto furtivo apareceu por entre as folhas de vidro. Pqd identificou o alvo e apertou o dedo no gatilho do rifle. Viu quando Duque desabou com o tiro certeiro na testa.

Desmontou rapidamente o rifle e o guardou em uma bolsa de lona e desceu até a rua onde o veículo já o aguardava para conduzi-lo de volta ao presídio.

De volta ao gabinete, o diretor deu um grito e logo os agentes apareceram para conduzir o pqd de volta para a sua cela.

O segundo alvo de Fernando tinha um peso muito maior que o primeiro, tratava-se de um poderoso chefe do tráfico que estava sendo posto em liberdade naquele dia. Era conhecido como "Russo" e tinha influência muito grande entre políticos, empresários e até juízes, por isso, estava sendo posto e liberdade por falta de provas contra ele, embora todos soubessem que o Russo era o chefão do tráfico.

A facção a qual ele pertencia já havia montado um esquema de segurança para escoltar Russo até a favela e é no meio desse percurso que pqd deveria se posicionar para executar o traficante.

Quando o comboio de veículos se aproximou de um pequeno bosque, Nando já estava lá com o seu rifle. Instruído pelo diretor, ele já sabia em qual veículo estava o seu alvo. Não podia errar o único disparo que daria, portanto precisava ter muita calma. O trecho de estrada em que pqd estava posicionado era uma pequena colina, e a estrada passava entre dois barrancos com cerca de cinco metros de altura. Teriam que reduzir a velocidade, passando bem devagar naquele ponto.

Pqd teve um pouco de dificuldades, mas enfim, conseguiu distinguir o seu alvo. Apertou o gatilho do seu rifle e viu quando o vidro lateral ficou manchado de vermelho.

No mesmo instante, houve uma enorme movimentação nos outros veículos e os seguranças de Russo atiravam para todos os lados, sem saberem de onde veio o disparo que atingiu a cabeça do seu líder.

Fernando se afastou rapidamente procurando o veículo de resgate, mas assim que entrou no veículo e se arrancaram, percebeu que estavam sendo seguidos por um dos veículos que fazia parte do comboio de Russo.

A perseguição durou alguns minutos, mas os bandidos conseguiram se aproximar o suficiente para que pudessem alvejar o motorista.

Estilhaços de vidros foram arremessados para dentro do carro, que perdeu o controle, atravessou o canteiro central e bateu contra um muro.

O motorista já estava sem vidas, atingido pelos tiros de fuzil dos traficantes, o outro homem do diretor ficou ferido no impacto do veículo contra o muro e pqd um pouco atordoado e com ferimentos leves, rolou para um canto do muro buscando proteção.

Os bandidos desceram atirando e alvejaram o homem que estava já ferido, dando fim à sua vida, mas Fernando aproveitou esse momento em que eles estavam desprotegidos e alvejou dois deles, que também caíram sem vidas.

Não percebeu, entretanto, que um dos homens deu a volta e o surpreendeu pela retaguarda, mas quando ia efetuar o disparo mortal de fuzil, um outro disparo o atingiu, vindo do outro lado da rua. Pqd ficou surpreso, quem poderia ter sido o seu anjo da guarda?

Levantou a cabeça e viu o último bandido com o fuzil ainda desprendendo fumaça pelo cano a olhá-lo, não lhe era estranho aquele moço.

— Paguei minha dívida com você riquinho, agora mete o pé daqui antes que a galera inflame aqui. — Disse o homem com o fuzil na mão.

— Valeu neguinho — disse pqd reconhecendo o jovem que um dia ele salvou também.

— Aí, da próxima vez que a gente se encontrar, ninguém deve nada entendeu?

Fernando acenou com a cabeça e saiu correndo do local o mais rápido que pôde.

Já bem distante do cenário de violência, pensou e empreender fuga e ir para bem longe do Rio para nunca mais voltar, aquela era a sua chance, uma vez que os seus vigias estavam mortos, mas pensou que poderia o diretor achar que foi ele quem matou os seguranças para fugir e o perseguiria pelo resto da vida. Um fugitivo não tem paz.

Fernando avistou um telefone público em um pequeno comércio que estava fechado e se lembrou do número que o diretor lhe havia fornecido. Ligou para o número e deu as coordenadas para que fosse resgatado, afinal não poderia chegar no presídio portando um rifle, como poderia explicar algo dessa natureza aos guardas?

Retornando ao presídio pqd explicou ao diretor sobre a perseguição que sofreram e desfecho final da ação. O diretor ficou bastante aborrecido pela perda dos seus dois homens, mas entendeu que Nando não teve culpa no episódio, a missão realmente era muito arriscada.

A polícia tentava de todas as formas desvendar essas mortes, mas sempre terminava sem nenhuma solução, às vezes improvisavam algum argumento para satisfazer a curiosidade especulativa da mídia. Uma das explicações mais comuns era a de possíveis guerras de facções por domínio de território, por outro lado, a população sempre acusava a polícia de formação de grupos de extermínios, afinal, quem poderia imaginar que esses justiceiros eram na verdade presos com longas sentenças a cumprir em regime fechado em uma penitenciária?

A cada missão, Fernando ia contando os anos que se somavam a seu favor, e via a sua liberdade se aproximar cada vez mais.

Solange e Lucinha visitavam o presídio com frequência, e foi em uma dessas visitas que Fernando percebeu que a sua mãe estava bastante fraca, já vinha há algum tempo sofrendo com uma enfermidade, mas não falou nada a Fernando para não o deixar preocupado.

Algum tempo depois, recebeu com muita dor a notícia do falecimento da sua mãe. Insistiu muito com o diretor para que o deixasse ir ao velório, mas ele não cedeu, seria um risco muito grande a correr.

Nando ficou muito abalado, sentia uma estranha sensação, de repente, era como se ele estivesse sozinho no mundo. Odiou a tudo e a todos, era como se todo mundo tivesse uma certa parcela de culpa pela morte de seu pai e de sua mãe. Pensava consigo que se o seu pai não tivesse morrido nada disso teria acontecido.

Passados alguns dias, irmã Isaura fez questão de ir até o presídio levando consigo a bíblia que pertenceu a Lucinha e a entregou nas mãos de Fernando.

— Tome filho, esta era a bíblia da sua mãe, ela recomendou muito que era o seu último desejo, que esta bíblia lhe fosse entregue.

Fernando muito trêmulo, folheou algumas páginas e encontrou algumas anotações com a letra de sua mãe e não pôde resistir a emoção. Fechou-a novamente e chorou por alguns instantes.

— Conforte-se filho, isso vai passar, sua mãe me confidenciou que estava vivendo nestes últimos tempos os dias mais felizes da sua vida, a sua felicidade só não era completa porque você ainda estava aqui.

— Não consigo entender, se ela estava bem com Deus, porque ele a levou?

— Por isso mesmo filho, porque ela estava preparada para ir ao encontro de Deus, um dia você vai entender isso.

Em princípio Fernando não se interessou em ler aquela bíblia, mas aos poucos Luiz foi convencendo-o a conhecer as escrituras sagradas, lhe explicando algumas partes que ele não conseguia entender. Uma das palavras que mais lhe chamou a atenção foi quando ele encontrou escrito: NÃO MATARÁS. Aquilo o incomodou muito, mas pensava que talvez não fosse o seu caso, pois estava fazendo justiça na terra e podia ser que assim como Sansão da história bíblica matava os seus inimigos filisteus e prestava um serviço ao seu povo e a Deus, ele também pudesse ter uma permissão para matar, afinal só matava bandidos que faziam mal à sociedade.

— Não é assim pqd, não existe uma razão para matar. Ninguém tem o direito de tirar a vida de outra pessoa, apenas Deus é o dono da vida.

— Mas o mundo é assim Luiz, ou você mata ou você morre.

— Isso é o que você pensa, mas não podemos andar por aí de acordo com o mundo.

— Isso eu não consigo entender.

— Mas um dia você vai perceber que quando você mata se torna semelhante a qualquer outro assassino.

— Eu só quero a minha liberdade.

— Não vai ficar livre assim, você tem que ser livre aí dentro de você, do contrário será sempre um prisioneiro, pense nisso.

Fernando foi chamado mais uma vez pelo diretor, teria que dar fim a um tal Dr. Ferguesson um estelionatário sem escrúpulos que já havia deixado muitas famílias na lona com os seus golpes. Estava sempre mudando de cidade e de nome. O diretor teve a informação de que ele estava no Rio de Janeiro hospedado em um hotel de luxo.

Nesse serviço, pqd não poderia fazer uso do rifle, já que o estelionatário usava um apartamento que não tinha vista para fora e não saía do quarto para nada. Teria que se infiltrar no hotel e se aproximar do alvo para poder eliminá-lo.

Quando o diretor mostrou a foto do criminoso, Fernando sentiu um frio que lhe percorreu a espinha, pois o homem se parecia muito com alguém que ele conhecia.

— Não pode ser, não pode ser! Ele está morto — disse consigo mesmo.

Nada disse ao diretor sobre a sua suspeita, precisava ter certeza de que o homem era o mesmo a que ele pensava ser.

Era por volta de 01:00 hora da manhã quando os homens do diretor deixaram o pqd nas proximidades do hotel. Com os seus conhecimentos, não teve muita dificuldade de acessar o interior do hotel, só precisava agora encontrar o apartamento de número 70, onde o falso empresário que usava o nome de Dr. Ferguesson estava hospedado.

Fernando usou um nicho para abrir a porta do quarto e depois que entrou fechou-a novamente com extrema precisão. Foi até a cama onde o estelionatário dormia tranquilamente, apanhou uma cadeira e sentou-se ao lado da cama. Enquanto rosqueava o silenciador no cano da pistola, observava o seu alvo que dormia profundo sono, sem imaginar o que estava prestes a lhe acontecer. Pqd encostou o cano da arma no nariz do homem e fez uma leve pressão que fez com que ele se despertasse muito confuso e assustado.

— Bico calado, não grite — disse o pqd.

— O que? Mas o que é isso, quem é você?

— Sou como você, um fantasma que volta para assustar, mas isso não importa.

— Olhe, pegue o que você quiser e vá embora.

— Ir embora? Mas eu acabei de chegar. O que pensa que eu sou? Algum ladrãozinho barato?

— O que você quer?

— Digamos que eu quero encerrar um processo que o senhor começou e não terminou.

— Não sei quem é você e não sei do que está falando.

— Não mesmo, Dr. Barbosa?

O homem ficou pálido quando ouviu o nome.

— Barbosa? Você está enganado, meu nome é Ferguesson, sou um poderoso empresário.

— Poderoso estelionatário você quer dizer.

— Repito, eu não sei do que está falando.

— Ora Barbosa, não precisa mais fazer cerimônias, não me reconheceu ainda? Pode falar a verdade, as pessoas sempre falam a verdade quando estão prestes a morrer.

— Como você me achou?

— Acredite, foi pura coincidência.

— Eu pensei que você estivesse morto.

— E estou, por sua causa, seu idiota.

— Eu sinto muito, posso reparar o erro que cometi.

— Não! Você não pode reparar o erro que cometeu. Por sua causa eu tive que voltar ao Rio, fui baleado e preso, minha mãe morreu vivendo de favor na favela, sem poder pagar um médico, não teve dinheiro nem para o funeral, eu não pude sequer ir ao velório. Tudo isso porque o senhor, Dr. Barbosa, nos roubou todo o dinheiro que tínhamos.

— Não me mate, por favor, isso só iria complicar ainda mais a sua vida.

— Complicar? Você não tem ideia do que é ter a vida complicada, na verdade, a sua morte vai me ajudar a resolver os meus problemas.

— Escute, eu tenho dinheiro, posso te ajudar.

— Dinheiro? Não tem dinheiro que pague esse momento, imagine e paródia: morto mata outro morto.

— Você não vai ter coragem de fazer isso.

— E você não tem ideia do que a prisão é capaz de fazer com um homem.

Aproveitando-se da distração, Barbosa deu um salto e apanhou um revólver de sob o travesseiro, mas antes que pudesse se virar pqd apontou a pistola e sem hesitar disparou cinco vezes contra o estelionatário que caiu sobre a cama já completamente sem vida.

Fernando saiu do quarto, trancando a porta novamente, e deixou o hotel sem que ninguém o percebesse, retornando imediatamente ao presídio para informar o cumprimento da missão ao diretor.

— Como foi lá pqd?

— Sem novidades senhor.

— Certificou-se de que estava realmente morto?

— Sim senhor, completamente morto.

— Observou se havia câmeras filmando?

— Havia sim, mas eu destruí todas.

— É por isso que eu gosto de você rapaz.

— Por falar nisso, acho que esse foi o meu último serviço, conforme o nosso combinado, não é verdade, senhor diretor?

— Eu tenho apenas mais um trabalho para você, depois disso você ganha a liberdade, te dou a minha palavra.

— Não estou gostando disso, o senhor me garantiu que...

— Calma rapaz, eu sei o que prometi e vou cumprir o nosso trato, já estou conseguindo a sua liberdade.

— Está bem, mas que seja esse o último.

O diretor chamou o agente prisional e pqd foi escoltado de volta a sua cela. Estava ansioso pela sua liberdade, o tempo estava passando e ele não queria permanecer ali por mais tempo. Desde que pisou naquele lugar já tinha se passado quinze anos.

Aquela seria uma semana muito especial, o caso de Luiz foi revisto e ele foi declarado inocente em um novo julgamento. O juiz que analisou o caso entendeu que ele havia sido condenado sem que houvessem provas concretas de sua participação no crime, além do mais era um homem amado por todos ali. Estava sempre sorridente e sempre tinha uma palavra de ânimo para os seus companheiros de cela. Estava apenas aguardando o alvará para ir embora.

— Não acredito, irmão Luiz, você vai me deixar aqui?

— Tenha fé irmão, você logo vai sair também, assim como Deus fez esse milagre para mim, vai fazer para você também, continue lendo a sua bíblia, ela te ensina o caminho no qual deve andar.

— Eu sei, eu estou lendo. Um dia vou ser igual a você.

— Olhe, quando sair me procure lá na comunidade, eu vou estar por lá morando com a Solange.

— Claro que eu vou, você é inesquecível rapaz.

Durante a noite Fernando não conseguiu dormir pensando em todas as coisas que lhe ocorreram nos últimos meses. Ouviu o sussurrar de vozes e aguçou os ouvidos para ouvir melhor. Em um canto da cela alguns presos confabulavam.

— É o seguinte galera, será amanhã à noite, todos já estão avisados. Vamos matar os presos inúteis da cela, incendiar os colchões e instalar o caos, quando os guardas vierem, nós dominamos eles e tomamos o presídio.

— A família de lá está na jogada?

— Sim, eles vão participar com a gente dessa fuga, vamos dar uma trégua na nossa guerra e nos unir para sairmos daqui.

— Eu não gosto dessa ideia de eles estarem com a gente nessa jogada, não confio neles.

— Cale a boca beiçola, eu ainda estou no comando aqui. Eles vão participar com a gente e pronto.

Pela manhã, Fernando chamou um carcereiro e disse que estava passando mal. O carcereiro se aproximou da grade e perguntou:

— O que está pegando aí pqd?

— Eu preciso falar com o diretor urgente — disse em voz baixa para não ser ouvido.

— E o que você quer falar com ele?

— Por favor, apenas me leve até ele, é uma emergência.

O carcereiro relutou por uns instantes e por fim chamou um outro guarda e conduziram pqd para falar com diretor, mas esse fato não passou despercebido aos olhos de alguns presos da facção que estavam um tanto desconfiados.

— Onde o pqd está indo assim tão cedo?

— Não sei não, ele não costuma sair da cela a esta hora, é melhor ficarmos de olho, ele estava falando em voz baixa com o carcereiro.

— Fiquem de olhos abertos, não queremos nenhuma surpresa, não agora.

Pouco mais tarde, pqd voltou para a cela e tudo parecia estar normal, com exceção dos olhares desconfiados dos presos que faziam parte da facção, que olhavam curiosos para ele.

Até o horário do almoço tudo estava calmo, mas quando foi um pouco mais tarde, naquele momento em que todos estavam descansando do almoço, a tropa de choque chegou repentinamente dominando todos os pavilhões, fazendo aquela revista geral nas celas. Foram encontrados muitos aparelhos celular, cordas improvisadas, facas artesanais, chuços, drogas e até armas de fogo, com isso o plano de fuga estava acabado. Quando a tropa de choque deixou o presídio, não havia mais a menor possibilidade de dar prosseguimento no plano. Os presos estavam possessos de fúria.

— Foi o pqd, eu não tenho dúvidas.

— Esse miserável está morto, repassem o aviso a todos, que foi o pqd que dedurou a fuga, vamos acabar com a vida desse cagueta.

Os presos começaram a arquitetar a morte de pqd, e até do lado de fora do presídio já havia uma movimentação que para que o pqd fosse eliminado.

Fernando pqd sabendo que a sua vida corria perigo, aproveitou o momento da despedida de Luiz que estava deixando o presídio feliz da vida, para pedir-lhe que quando passasse pelo diretor o informasse sobre a sua situação.

— Pode deixar meu irmão, eu vou avisar o diretor, confie no Senhor, ele te livrará de todas essas ameaças.

— Eu acredito, vai em paz irmão Luiz, você é um grande ser humano.

Algumas horas depois, o diretor mandou chamar o pqd na cela e os carcereiros o levaram até a presença do diretor.

— A coisa ficou feia pro teu lado, em pqd?

— Eu não posso voltar para lá diretor, se eu voltar estarei morto.

— Eu vou dar um jeito nisso, vou te transferir para uma prisão especial, através de um programa de proteção a testemunha.

— Mas o senhor disse que eu estaria livre diretor, quer dizer que vou continuar preso?

— Calma aí rapaz, eu disse que estou conseguindo a sua liberdade, mas isso depende da burocracia, além disso você me deve um último serviço, ou prefere voltar para aquela cela?

— Não, por favor, eu não posso voltar para lá.

— Então apenas confie em mim.

O diretor chamou os homens de sua confiança e recomendou-lhes que levassem o preso em um furgão fechado e em total segurança.

Fernando entrou no furgão e logo estavam se deslocando para um lugar ainda desconhecido, não sabia exatamente onde, já que o veículo não lhe permitia ver o trajeto. Quando o veículo parou, Nando suspeitou de que não tivessem saído do Rio, uma vez que o trajeto foi muito curto. Onde estariam?

A porta do furgão se abriu e Fernando viu que estavam em um local todo fechado.

Assim que desceu foi logo conduzido até uma cela que mais parecia um cativeiro improvisado. Perguntou aos homens do diretor onde estavam e eles lhe disseram que não tinham autorização para dizê-lo, mas que era para a própria segurança dele.

Deixaram o pqd trancado naquela pequena cela isolada, apenas um guarda encapuzado vigiava o local, e vez ou outra vinha lhe trazer água ou alimento, mas não abria a boca em momento algum.

Cerca de dez dias se passaram até que um dia algo diferente aconteceu. Um veículo de luxo adentrou ao local e dele desceu um sujeito bem vestido, todo grã-fino, cujo porte e modo de andar marcial era típico dos militares. Fernando conhecia aqueles passos. Estava observando atento a tudo que acontecia de dentro de sua cela.

— Coronel Walter?

— Há quanto tempo, Fernando?

— Não estou entendendo.

— Não se preocupe, logo vai entender. Eu estava ansioso para tê-lo aqui, pensei que o diretor não fosse te enviar nunca.

— Onde estou? No Rio?

— Está em São Gonçalo, eu agora estou servindo aqui, fui transferido.

— O que está acontecendo? O diretor fez um acordo comigo, disse que eu ia ser solto, porque me enviou para cá?

— Bom, ele me disse que você ainda deve um serviço para ele e deve alguns para mim também.

— Para o senhor? O que eu devo para o senhor?

— Ora, já se esqueceu? Você matou quatro dos meus homens e agora terá que fazer os trabalhos por eles, não acha justo?

— Maldito seja, são todos uns tratantes corruptos, eu não vou mais fazer nenhum trabalho para vocês.

— Cuidado rapaz, a sua vida não vale um centavo aí fora, não se esqueça de que posso entregar você diretamente ao chefe da facção que você prejudicou. Tem muita gente querendo a sua cabeça, sabia?

— Sinceramente coronel, não sei se estaria melhor nas mãos deles ou nas suas.

— Pare de choramingar e se prepare para cumprir uma missão amanhã, depois, logo irá se acostumar comigo.

— Quem terei que matar?

— Isso não te interessa, é problema meu, apenas vá lá e execute a missão, e lembre-se, nem pense em fugir, vai estar sempre na mira de um policial que era muito amigo do Dênnis, sabe? Ele está doidinho para lhe enfiar uma bala nos miolos.

CAPÍTULO 12

FINALMENTE LIVRE

No dia seguinte, os dois policiais à paisana escoltaram o pqd até as proximidades de uma casa luxuosa em uma área nobre. Fernando com a habilidade de sempre saltou para dentro do quintal e logo estava no interior da casa. Percebeu que haviam crianças e se sentiu muito mal, não seria nada conveniente executar um pai de família na frente dos filhos, por pior que fosse. Estava caminhando lentamente pelo corredor quando deu de cara com um homem aparentando cerca de 35 anos de idade, boa aparência, os cabelos um pouco já grisalhos, e que ficou paralisado ao deparar com um estranho dentro de sua casa. Ao observar que o estranho estava armado, um pavor tomou conta do homem.

— Por favor, pode pegar tudo o que quiser, mas deixe a minha família em paz, por favor.

— Eu não sou um ladrão, não quero pegar nada, apenas fazer o meu trabalho.

— Então você é um assassino, veio aqui para me matar?

— Não sou um assassino, só mato bandidos, pessoas que não farão falta na sociedade.

— Mas então por que veio me matar? Sou um homem honesto, um promotor de justiça que luta pelos direitos dos injustiçados.

— Mas você deve ter pisado na bola, por isso te querem morto.

— Mas afinal quem mandou você aqui? Algum pilantra que eu coloquei na cadeia certamente, não é?

— Olhe, para a sua informação, não foi um bandido não. Conhece o coronel Walter?

— Coronel Walter, claro, aquele safado, pilantra.

— Acho que o senhor também não gosta dele, não é?

— Esse coronel é um bandido, ele sabe que eu vou denunciar ele no ministério público, por isso mandou me calar.

Pqd ao ouvir isso ficou sem reação, estava acostumado matar bandidos, jugando estar fazendo a justiça, mas agora não sabia o que fazer.

— Quanto ele está te pagando para me matar? Se o seu problema é dinheiro, eu te pago para não tirar a minha vida, minha família está lá na sala.

— Não doutor, eu não sou um assassino qualquer, sou um presidiário que está lutando pela liberdade, mas estou nas mãos desse coronel, minha vida também está ameaçada, se não cumprir o trato eles me matam.

— Por favor, não faça isso, eu posso te ajudar, sou um promotor conceituado, te dou a minha palavra.

— Estou ouvindo — disse pqd interessado.

— Vamos entrar aqui no quarto para conversarmos melhor, antes que apareça uma criança ou a minha esposa, então falaremos com calma, por favor.

— Está bem, mas não tente nenhuma gracinha viu?

Entraram para o quarto e Fernando a pedido do promotor, contou toda a sua história, o qual ouviu atentamente.

— Eu precisava disso para acabar definitivamente com a carreira desse coronel corrupto, e não se preocupe eu vou cuidar do seu caso daqui para frente.

— Será que eu posso confiar no senhor?

— Pode confiar, nesse exato momento eu vou ligar para o juiz expedir uma ordem para que se recolha o coronel Walter à prisão e também vou dar um jeito para que os policiais que estão aí fora sejam presos.

— E quanto a mim doutor? Certamente estarei morto assim que voltar ao presídio, eu denunciei uma fuga e agora as facções querem a minha cabeça.

— Você vai ficar aqui até eu conseguir te tirar do estado e te dar proteção total.

O coronel Walter foi preso naquele mesmo dia, bem como o diretor do presídio e mais uma enorme quantidade de policiais, tanto do Rio quanto de São Gonçalo.

Fernando recebeu o tão sonhado alvará de soltura depois de ter o seu caso reaberto e reavaliado sendo bonificado por boa conduta e colaboração com a justiça. Também foi inserido em um programa de proteção a testemunha, já que iria testemunhar contra o coronel Walter e o diretor do presidio.

Após o julgamento, o coronel Walter foi exonerado do cargo e condenado a vinte anos de prisão em regime fechado. A maioria dos policiais que estavam envolvidos também foram condenados.

Fernando foi finalmente embarcado em um avião, acompanhado por dois seguranças designados pela promotoria e foi desembarcado no aeroporto Juscelino Kubitschek em Brasília. Assim que desceram Fernando perguntou:

— Onde estamos?

— Em Brasília.

— E o que vai acontecer agora?

— Agora é com você. O programa para você termina aqui. Com os novos documentos que você recebeu, poderá recomeçar a sua vida. Vá para qualquer lugar e esqueça tudo que aconteceu de ruim na sua vida. O promotor mandou que te entregássemos esse envelope com algum dinheiro para que você possa prosseguir daqui para frente e possa se sustentar até conseguir algum trabalho. Boa sorte para você.

Os seguranças retornaram para a aeronave enquanto Fernando os observava e assim que adentraram ao avião, deu alguns passos e parou, abriu a sua bolsa e retirou de lá a velha e surrada bíblia, abriu-a de forma aleatória e se deparou com a segunda epístola aos coríntios, no capítulo 5 e versículo 17 onde está escrito: *Portanto, se alguém está em Cristo, nova criatura é. As coisas antigas já se passaram; ei que tudo se faz novo.* Fernando respirou fundo, agradeceu a Deus por aquela palavra e seguiu o seu caminho. Tinha o mundo inteiro pela sua frente e uma sede imensa pelo começo de uma nova vida.

* 9 7 8 8 5 9 2 0 2 1 5 3 5 *